Return of the Meister

Return of the Meister 2

초판 1쇄 인쇄일 2014년 11월 21일 | **초판 1쇄 발행일** 2014년 11월 25일

지은이 서 야 | **펴낸이** 곽중열 | **담당편집 팀장** 이범수
편집부 신연제 이윤아 김호성 김은경

펴낸곳 (주) 조은세상 | 출판등록 제 2002-23호
주소 경기도 연천군 미산면 청정로 1355
TEL 편집부 02)587-2966 | FAX 02)587-2922
e-mail bukdu@comics21c.co.kr

ISBN 979-11-5512-824-4 | ISBN 979-11-5512-822-0(set) | 값 8,000원

2
귀환 마이스터
Return of the Meister
서야 현대 판타지 장편소설
NEO MODERN FANTASY STORY

북두
(주)조은세상

CONTENTS

Return of the Meister

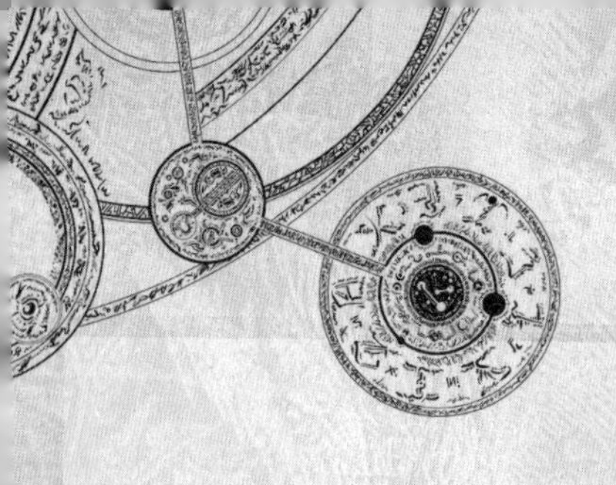

Return of the Meister

NEO MODERN FANTASY STORY

1. 이미영

1. 이미영

"어머니, 학교 다녀왔어요!"

소녀는 큰소리를 치면서 집 대문을 열어 마당으로 들어섰다.

목조풍의 집을 둘러싼 마당은 그리 크지는 않았지만, 자연을 좋아하는 어머니 덕에 정갈하게 잘꾸며져있다.

그리 크지 않은 마당이었지만 한쪽에는 벚나무가, 그리고 다른 한쪽에는 아기자기한 꽃들이 심어져있었다.

소녀는 그런 마당을 폴짝폴짝 뛰면서 집안으로 들어갔다.

한손에는 커다란 종이를 들고 있었는데 그 종이에는 상장이라고 크게 쓰여 있었다.

오늘 소녀는 학교에서 모범상을 탄 것이었다.

선생님께서 공부도 잘하고 청소도 잘해서 주는 상이라고 하셨다.

소녀는 오늘이야말로 아버지께서 자신을 보고 웃어줄 것이라고 기대를 했다.

소녀가 기억하는 한, 아버지는 한 번도 소녀를 보고 웃어주신 적이 없었다.

우다다다닥.

소녀는 아버지가 계신 서재로 향했다.

"잠시만 기다리려."

어머니가 부엌에서 급하게 나오시면서 그런 소녀를 말렸다.

"저 상 받았어요."

"우리 딸, 어디 한번 안아보자."

소녀의 어머니는 그런 소녀를 기특하게 여기면서 두 팔을 벌렸다.

우다다닥.

폴짝.

장난기 가득한 소녀는 일부러 마룻바닥에 발을 동동 굴리면서 어머니에게 달려가 안겼다.

어머니는 그런 소녀를 말없이 안아주셨다.

평소 같으면 마룻바닥 상한다고 혼내셨을 텐데.

소녀는 자신이 상을 타서 어머니가 그런 거라고 생각했다.

벌컥.

아버지가 서재에 나오셨다.

"아버지… 저…."

소녀는 바닥에 떨어진 상장을 주워들었다.

좀 전에 어머니에게 안기느라 떨어트린 상장이었다.

어린 소녀의 눈에 아버지의 발 뒤로 커다란 남자의 발이 보였다.

'누구지?'

소녀는 호기심에 눈이 동그래졌다.

하지만 이내 상장을 주워들고는 아버지 앞에서 자랑스럽게 흔들었다.

"상장 받았어요! 공부 잘해서 주는 상이래요!"

조그만 소녀는 일부러 아버지에게 '공부 잘해서' 라는 말을 강조했다.

"잘했다."

아버지는 무미건조한 목소리로 소녀를 보지도 않고 말했다.

아버지의 신경은 온통, 아버지의 뒤를 잇달아 나온 사내에게 가있었다.

"이 아이인가?"

큰 키에 어깨가 넓은 사내가 오히려 소녀에게 관심을 보였다.

"그렇습니다."

"예쁘군."

"아직 많이 부족합니다."

사내는 소녀를 찬찬이 뜯어보았다.

소녀는 자신을 바라보는 어머니의 손이 부들부들 떨리고 있다는 것을 깨달았다.

그뿐만 아니었다.

어머니의 눈가엔 눈물이 잔뜩 고여 있으셨다.

애써 눈물을 참으려고 하시는 것 같았다.

'왜 저러시지?'

소녀는 갸웃거렸다.

그때, 사내가 소녀의 키에 맞추어 무릎을 굽혔다.

"상장도 받고 기특한데."

"저 다~잘 해요."

소녀는 흥분했는지 두 팔을 벌려서 자신의 말을 강조했다.

"이야, 아저씨는 다 못했는데."

그렇게 말하는 사내의 얼굴이 다소 쓸쓸해보였다.

하지만 어린소녀가 상대의 표정까지 눈치 챌 리는 없었다.

"아저씨도 이제 다 잘할 수 있어요. 제가 요렇게~"

소녀는 손을 들어 사내의 머리를 쓰다듬으려 했다.

휘익.

아버지가 그런 소녀의 팔을 거칠게 잡고는 낚아챘다.

"어딜 감히."

아버지는 소녀의 얼굴을 보고 낮게 으르렁거리셨다.

평소 같았으면 따귀라도 올려 쳤을 얼굴이다. 하지만 사내의 앞에서 그렇게 할 수는 없었다.

"하하하. 아이가 절 도와주려했는걸요."

사내는 되레 소녀의 편을 들어준다.

그리곤 사내는 소녀에게 미안한 표정으로 말했다.

"또 보자."

"아저씨, 힘내세요!"

소녀는 어느새 자신에게 다가온 어머니의 치맛자락을 잡은 채 빼꼼히 얼굴을 내밀면서 말했다.

사내는 뒤를 돌다 말고 도로 소녀에게 다가왔다.

그는 미소를 지으면서 소녀의 머리를 쓰다듬어주었다.

"또 보자."

사내의 말에 소녀는 환한 웃음을 지었다.

사내를 배웅하기 위해서 아버지도 따라 나섰다.

소녀는 사내가 떠나는 뒷모습을 내내 지켜보았다.

어린 소녀의 마음에 한줄기 바람이 불었다.

소녀의 팔에는 아버지의 우악스럽기만 한 손자국이 선명하게 남아 있었다.

◈

꿈이었다.

이미영은 거칠게 머리를 흔들려고 했다.

그러나 머리가 쉽게 흔들어지지 않았다.

'제길. 언제까지 여기에 묶어놓고 있을까?'

보잉707기가 괌 공항에 착륙했을 때 그녀의 신병을 미군에서 인계받았다.

미군은 이미영의 상태를 보고 괌 기지 내에 있는 병원으로 수송했다.

보잉707기에서 진혁에게 당한, 정확히는 같은 편 사내에게 맞은 곳이 매우 심각했다.

뇌출혈과 장기손상.

그러나 말이 환자취급이지 철통같은 보안에 심지어 그녀의 사지조차 침대위에서 꼼짝할 수 없도록 묶여 있었다.

어금니 뒤에 보관 해 두었던 독약 앰플도 느껴지지가 않았다. 자결하는 것을 막기 위해서다. 혀를 깨물어 죽는 자결하는 것을 방지하고자 마우스피스까지 채워 두었을 정도였다.

"우… 나… 날…."

목소리가 제대로 나올 리가 없었다.

"발버둥 쳐봐야 소용없어."

병실에서 보초를 서던 병사들 중 하나가 이미영에게 말했다.

"지독하네. 다량의 진정제를 놓았다고 했는데 벌써 깨어나다니."

옆에 있던 병사, 제임스가 한마디 거들었다.

"저 년이 우리보다 낫다는 거야?"

처음 입을 열었던 병사, 톰이 제임스에게 대들 듯이 말했다.

"어이, 진정하라고. 내 말은 탈레반놈들이 그만큼 지독하다는 뜻이라고."

제임스가 두 팔을 벌려 양손바닥을 톰에게 보이면서 항복한다는 듯이 말했다.

'아랍놈들을 이래서 붙인 것이었나.'

이미영은 임무를 떠나기 전에 상관이 했던 세 가지 당부가 떠올랐다.

첫째, 반드시 임무를 완수할 것.

둘째, 임무 성공 시 승무원으로 자연스럽게 행동하고 목숨은 운에 맡길 것.

셋째, 임무 실패 시 반드시 자결할 것.

북한공작원들에게 상관의 명령은 절대적이었다.

그리고 오로지 임무에 관한 사항만 전달받았다.

그 임무를 어떻게 준비했는지, 그 이후 어떤 일이 벌어질 건지에 대해서는 그녀도 전혀 알지 못했다.

그것은 당의 일이었지, 그녀가 꼬치꼬치 캐물 일이 전혀 아니었다.

아니 그녀가 캐묻는다고 임무에 대한 계획을 알게 될 일도 없었지만, 문제는 그녀의 사상에 대한 검증을 받게 될 것이 뻔했다.

그녀는 보잉707기에서 작전이 2단계로 넘어갔을 때 나타났던 아랍인들에 대해서 생각해보았다.

그들이 나타났을 때 이미영이 의아했던 것은 사실이었다. 북한에는 아랍인들보다 더 뛰어난 공작원들이 많기 때문이었다.

물론 아랍인들이 그녀에게 생면부지의 존재라는 것은 아니었다.

이미 아랍인들과는 오랫동안 함께 훈련을 받았던 그녀였다. 아니, 아랍인들뿐 아니라 다양한 인종과 함께 훈련을 받았다.

최정예 북한공작원들은 전 세계적으로 퍼져서 임무를 수행해야하기 때문에 일반 북한공작원들과는 다르게 다양한 인종들과 어울려 훈련을 받기 때문이었다.

그녀가 함께 훈련받고 알고 지냈던 다른 아랍인들에 비해서 그들의 실력이 낫다고 해도 여타 최정예로 선발된 북한공작원에 비해서는 다소 못 미치는 것이 사실이었다.

'탈레반의 소행이라…….'

그때였다.

"어이. 그만 좀 떠들지."

제임스와 톰을 지켜보던 다니엘이 차분하게 한마디 했다.

그의 눈길은 이미영에게 가있었다.

'아차.'

이미영은 무척 피곤한척 하면서 얼른 눈을 감아버렸다.

"도로 잠들었는데."

톰이 어깨를 으쓱했다.

"그럼 그렇지."

제임스도 고개를 끄덕였다.

다니엘은 뭔가 미심쩍다는 표정으로 이미영의 잠든 얼굴을 살펴보았다.

"어이 잠들었나?"

톰이 다니엘에게 물었다.

"그런 것 같군."

다니엘이 고개를 끄덕였다.

이미영은 속으로 안도의 한숨을 내쉬었다.

'이제는 어떻게 되는 거지?'

그녀는 머릿속이 복잡해져왔다.

너무 오랜만에 그 사람의 꿈을 꿨다.

김신.

그녀 나이 15살 때, 지옥 같은 곳에서 자신을 빼내 북한 공작원의 길을 열어준 사람.

그리고 처음으로 사랑하게 되었던 남자.

그 때문인지 그녀의 머릿속은 혼란스러웠다.

임무가 실패로 끝났기 때문에 무슨 수를 쓰더라도 자결해야했다.

그녀가 이렇게 살아있다는 것을 당 간부도 이미 알고 있을 것이었다.

'사람을 보내겠지.'

미군병사들은 탈레반의 짓으로 알고 있다.

그 얘긴 북한의 소행인 것을 철저히 함구해야 한다는 것을 뜻했다.

만일의 경우를 대비해서라도 그녀를 살려 두지는 않을 것이었다. 그녀가 고문을 이겨내지 못하고 입을 열게 될 경우를 대비하는 것이었다.

그렇다고 그녀가 고문 따위에 쉽게 입을 열리도 없었다.

하지만 당의 생각은 다를 수밖에 없었다.

이미영은 그 사실을 인정하고 있었다.

그런데 그녀의 가슴 깊은 곳에서 어떻게든지 살아남으

라고 알리고 있었다.

병실에는 세 명의 미군병사들이 그녀를 지키고 있었다.

'밖에도 몇 명 서있겠군.'

그녀는 지금 자신이 미군 측에서 의해서 오히려 보호받고 있다는 것을 알고 있었다.

'이게 왜 편하지?'

김신마저도 그녀가 북한공작원으로 지옥 같은 훈련을 받을 때에 그 고통에서 꺼내준 적이 없었다.

'그도 어쩔 수 없었겠지.'

그녀도 그 사실은 잘 알고 있었다.

자신을 구해줄 사람은 이 세상에 아무도 없다는 것을 말이었다.

그렇게 홀로 자신을 지키면 살아왔던 8년이었다.

이 세상의 누군가가 자신의 목숨을 지켜주고 있다는 사실이 이미영의 마음을 휘젓고 있었다.

한편, 이미영이 잠들었는지 확인을 한 다니엘은 시계를 흘낏 쳐다보았다.

교대시간이 되려면 아직도 1시간이 남았다.

'지루하군.'

하루 종일 병실에서 잠들어있는 동양인 하나 지키자고 있었다.

다니엘 뿐 만 아니라 제임스, 톰도 마찬가지로 몹시 무료

해하고 있었다.

다니엘은 아내 캐시를 떠올리면서 미소를 지었다.

캐시는 중국계 여자였다.

다니엘이 괌 기지로 막 발령을 받았을 때 만났다.

그 이후 첫눈에 반해 불같은 1년 남짓 하고 결혼을 한지 어언 1년이 지났다.

그럼에도 여전히 아내 캐시는 다니엘에게서 있어서 놀라운 여자였고 사랑스러운 존재였다.

"이놈은 아내 생각만하면 헤벌죽 하더라."

옆에서 제임스가 다니엘을 보더니 놀려댔다.

"그러게. 인생의 무덤에서 웃고 있는 놈은 저 놈 뿐일 거야."

톰이 맞장구를 쳤다.

"그나저나 왜 이렇게 시간이 안가냐?"

제임스가 따분하다는 듯이 말했다.

"오오, 시에라!"

톰이 양 엄지손가락을 치켜들었다.

오늘밤 둘은 괌에서 최고의 미녀들만 온다는 시에라 클럽에 가기로 약속한 것이었다.

"어이, 유부남. 같이 갈래?"

톰이 다니엘에게 장난치듯이 말했다.

"캐시가 기다려."

다니엘은 여전히 싱글벙글 웃으면서 말했다.

"캐시, 캐시. 넌 캐시밖에 모르냐?"

"아서라, 다니엘 모르냐? 쟤 완전히 지 와이프에게 푹 빠졌다."

제임스가 그런 다니엘에게 뭐라 하자 옆에서 톰이 끼어들었다.

"미친놈. 세상에 여자는 얼마나 많은데."

제임스가 그 말을 듣고 깐족거렸다.

"니 놈 장가가면 그때 그 말 해보시지."

다니엘이지지 않고 입씨름을 했다.

"시에라! 시에라!"

"시에라! 시에라!"

제임스와 톰은 다니엘에게 지 않으려고 클럽이름을 외쳤다.

이미영은 여전히 침대에 눈을 감은 채 미군병사들이 떠드는 소리를 들었다.

와이프, 유부남…….

그녀에게는 다른 세상의 단어일 뿐이었다.

그들의 세상은 이미영의 세상과는 너무도 달랐다.

그녀에게 있을 수 없는, 너무도 자유롭고 행복한 세상이었다.

'아…'

이미영은 자신도 모르게 복받쳐 오는 감정에 눈을 떴다.

그 순간 그녀의 눈에 벽면에 설치된 환풍기 쪽에서 하얀 연기가 새어나오는 것이 보였다.

그녀는 자신도 모르게 낮은 신음소리를 냈다.

"읍! 으으읍!"

아까부터 이미영의 상태에 신경을 쏟고 있던 다니엘의 시선이 그녀를 향했다. 눈을 부릅 뜹 이미영의 시선이 어딘가를 향해 있었다.

"뭐야?"

다니엘이 그녀의 시선을 따라 고개를 돌렸다. 환기구 쪽에서 하얀 색 연기가 새어 나오고 있었다.

"가스다!"

다니엘이 소리쳤다. 그러면서 그는 곧장 경고 벨을 누르며 병실 문을 활짝 열었다.

위이이이잉-!

요란스럽기 그지없는 사이렌 소리가 병실을, 병원 전체에서 울려 퍼지기 시작했다. 그러는 사이 제임스와 톰은 병실을 빠져나가 무기를 들고서 사주경계를 철저히 하고 있었다.

"흐읍!"

다니엘은 한 차례 숨을 깊이 들이마시고선 이미영의 침대를 끌고 밖으로 나가기 시작했다.

환기구에서 흘러나오는 것이 피부에 닿는 것만으로도 치명적인 독가스일 수도 있다. 이미영을 감시하는 것도 그들의 임무이지만 그녀를 보호하는 것 역시 임무였다.

"어서 나와!"

밖에서 제임스의 목소리가 들려왔다.

드르륵!

"으으읍!"

이미영의 침대가 병실 입구의 코앞에 도착했을 때, 이미영이 또 다시 발작적으로 소리를 냈다. 다니엘이 본능적으로 환기구 쪽을 쳐다봤다.

환기구에서 뭔가가 번쩍거리고 있었다.

"젠장!"

다니엘이 이미영의 침대 위로 몸을 날렸다.

피슝!

바람이 빠지는 섬뜩한 소리가 들려왔다.

이미영의 몸 위로 날아들던 다니엘의 등 쪽에서 따끔한 뭔가가 느껴졌다.

탕! 탕탕!

"다니엘! 젠장, 어서 끌어 내!"

밖에서 권총을 들고 주변을 경계하던 제임스가 환기구 쪽을 향해 총탄을 쏘아 내며 소리쳤다. 톰이 정신없이 침대를 끌어내 병실을 빠져나왔다.

그렇게 병실 앞에서 그들이 정신없이 다니엘의 상태를 살피는 동안, 환기구를 통해 잠입해 들어왔던 요원은 유유히 사라져 갔다.

◈

당정치국위원회가 소집되었다.

"니놈들 이것밖에 못해!"

김정수 국방위원장이 소리를 지르고 있었다.

…….

모두가 침묵을 지켰다.

"조성택, 말해봐!"

김정수의 한마디에 모두의 시선이 조성택에게 향했다.

"그게……."

조성택은 자신의 한마디에 자신의 목숨이 달려있다는 것쯤은 알고 있었다.

어떻게든지 김정수 국방위원장의 자비를 받아야 했다.

"최해상, 실패 원인이 뭐라고 생각해?"

김정수가 느닷없이 정치국 서열3위인 최해상을 지목했다.

"……."

갑자기 지목을 받은 최해상도 꿀먹은 벙어리가 되었다.

분명 자신과 이미영의 관계를 김정수 국방위원장이 모

를리는 없었다.

비록 그것이 8년전 일이라고 하더라도 말이었다.

이미영의 아버지, 이군수를 조총련내의 주요간부로 앉혀 준것도 최해상이었다.

그의 딸인 이미영을 상납받은 것도 그때였다.

"니놈이 그년을 공작원으로 만들었나?"

김정수 국방위원장이 최해상에게 얼굴을 바짝 디밀었다.

그의 눈빛이 빛났다.

최해상도 더 이상은 그를 보호할 수 없음을 깨달았다.

이제 모든 권력은 김정수 국방위원장이 완전히 장악하고 있었다.

"김신이 지시했습니다."

최해상의 입에서 그의 이름이 흘러나왔다.

당정치국위원들의 얼굴은 올 것이 왔다는 표정이었다.

김신.

김정수 국방위원장의 이복형제.

이제 그를 처형할 명목이 생긴 셈이었다.

"김신 잡아와."

김정수 국방위원장의 한마디로 이날 회의는 그것으로 끝났다.

회의실에 있던 모든 위원들은 이번 사태가 김신 하나로 마무리되기를 바랐다.

최해상이 회의실을 나서는데 조성택이 다가왔다.

조성택으로서는 최해상에게 면목이 없었다.

이미영을 제거하지 못한 일.

그로 인해 두 명의 북한공작원이 임무수행 중 자결한일.

이미영이 대한항공 보잉707기의 주범이 북한이라고 밝힌점때문이었다.

"독가스를 살포했으면 될게 아닌가."

최해상은 나지막하게 조성택을 책망했다.

"미군병사의 살상을 최소화하려고 했다가."

조성택도 할말은 있었다.

만약 이미영을 제거하기 위해서 투입된 공작원들이 통풍기에 최면가스가 아닌 독가스를 투입했더라면 미군병사들도 죽었을 것이다.

그렇게 되면 미국 측은 자국 내 여론 때문이더라도 이번 사건의 배후를 집요하게 추적할 수밖에 없을 것이었다.

북한의 소행이라는 것을 밝히는 건 시간문제였다.

"종간나쌔끼."

최해상은 조성택을 한심하게 보면서 말했다.

그에게 있어 조성택의 변명은 그저 변명일 뿐이었다.

최해상은 단지 김정수 국방위원장에게 이 일로 눈 밖에 나지 않기를 바랄뿐이었다.

그에게 있어 김신에 대한 염려도, 돌아가신 주석의 당부도 모두 헌신짝에 불과할 뿐이었다.

조성택은 빠른 걸음으로 사라지는 최해상의 뒤 모습을 말없이 쳐다보았다.

'달콤하다고 삼킬 때는 언제고….'

그는 앞으로 최해상이 보일 행동을 충분히 예상을 했다.

김신과 연관이 있는 사람들은 모두 피의 소용돌이 속에 휘말릴 것이었다.

최해상은 그 와중에 자신이 살아남기 위해서 모든 것을 다 낱낱이 폭로하겠지.

하지만 당장은 조성택 자신도 발등에 불 떨어진 것도 해결해야 했다.

문득, 조성택은 고려호텔에서 만났던 외국인이 떠올랐다.

'이 자는 변수도 예측했을 것이다.'

그들의 목적이 어디까지인지는 조성택으로서도 잘 모른다.

하지만 지금 자신이 더 이상 김정수 국방위원장의 추궁을 받지 않을 거라는데 목숨을 걸어도 좋았다.

조성택의 얼굴에 희미한 미소가 번졌다.

❖

계룡산에서 내려오는 진혁의 몸은 그야말로 가뿐해져있었다.

그의 가슴엔 5개의 서클이 떠올라있다.

물론 그중 5번째 서클은 아직 안정화되지는 않았다.

하지만 지구의 세계수인 판테온의 엘그라시아를 만난 것만으로 놀라운 발전인 것은 틀림없었다.

정확히 말하자면 엘그라시아가 진혁에게 그의 능력을 일부 돌려준 것이었다.

게다가 그곳에서 섭취한 열매들로 인해서 그의 몸속은 마나로 꽉차있었다.

당장 이대로 서울로 돌아갈 수도 있었다.

하지만 진혁은 지혜와 지혜어머니에게 인사를 하고 떠나는 것이 도리라고 생각했다.

그리고 계룡산이 주는 무한매력을 조금이나마 더 느껴보고 싶었다.

그래서 그는 천천히 산속을 거닐 듯이 내려오고 있었다. 그가 마음만 먹으면 언제든지 한순간에 수정식당 앞으로 이동할 수도 있었다.

"오빠!"

지혜였다.

그녀는 계룡산 갑사 입구 쪽에서 진혁을 기다렸다.

"여태 기다린 거니?"

"왔다 갔다 했어."

"왔다 갔다?"

"일주일."

"일주일이 지났다고?"

진혁이 지혜를 쳐다보았다.

"응."

"그렇구나."

진혁은 한숨 쉬듯이 말했다.

사실 어느 정도 예상은 했다.

엘그라시아와 함께 있는 시간은 세상과는 다른 시간대가 적용되기 때문이었다.

판테온에서도 곧잘 그런 일이 있곤 했었다.

'그 때문에 그녀를 잃었지.'

진혁은 자신도 모르게 씁쓸해졌다.

하지만 그것은 먼 과거의 일.

이제는 빛바랜, 잊고 지낸 과거였다.

진혁은 엘그라시아를 만난 덕에 자신이 감성적으로 잠시 변한 것이라고 생각했다.

에일레나 칸 스와트 여제.

문득, 그녀의 오만한 미소가 보고 싶어지는 것은 왜일까.

"오빠, 여자 생각하지?"

지혜가 진혁의 옆구리를 쿡쿡 찌른다.

계룡산의 영기가 머금어서 태어났다는 천재무녀다웠다.

"그런 것도 보이니?"

진혁은 일부러 화제를 돌리고자 질문을 던졌다.

"아주 정확하게 보이는 건 아니고, 순간적으로 어떤 왕관쓴 여자가 보이더라. 어떻게 생겼는지는 모르겠고."

지혜가 솔직하게 대답했다.

"대단한데?"

진혁은 새삼 지혜의 능력에 놀랐다.

판테온에는 마법사가 있다면 지구에는 지혜와 같은 무녀 즉 무당, 도사나 주술사들이 있었다.

판테온에서는 마법사를 존중하고 마법사가 되기 위해서 기회만 주어지면 누구나 배우기 위해서 안간힘을 썼다.

하지만 지구의 경우, 이런 자들을 은근히 경시하는 경향이 있었다.

그러면서 은밀하게 찾아가 점을 보곤 하는, 인간의 이중성이 그대로 잘 드러나 있었다.

'지혜한테 마법을 가르치게 되면 어떨까?'

진혁은 문득 자신의 제자들이 떠올랐다.

그는 판테온 최고의 마탑주이기도 했다.

유달리 제자를 양성하는 것을 좋아했다. 물론 소수의 제자를 양성했지만 그 제자들에겐 가족과 같은 애정을 쏟았었다.

"오빠가 칭찬해주니깐 좋아."

지혜는 아이처럼 순수하게 웃었다.

진혁은 지혜에게 다시 한 번 미소를 지어주고는 자신의 생각을 떨쳐냈다.

지구에서 제자를 기를 생각이 전혀 없었기 때문이었다.

마법이라는 것을 자신만의 소유로 삼겠다는 뜻은 절대로 아니었다.

각 세계가 운행되는 법칙이 있었다.

자신이 그 법칙의 예외가 되었다고 하더라도 법칙은 한 순간에 깨뜨릴 수는 없었다.

판테온과 지구의 환경은 전혀 달랐으니깐 말이었다.

지구엔 굳이 없애야할 고블린이나 크렘린, 그레이트 오크 같은 몬스터들이 없기 때문이었다.

"그런데 오빠가 변한 것 같아."

지혜가 서낭당 괴목 앞에서 합장을 한 뒤 집으로 갈 생각은 안하고 진혁에게 종알거렸다.

"좀 가벼워졌지?"

진혁이 씨익 웃었다.

짝짝.

"바로 그거야."

지혜가 드디어 진혁의 어디가 달라졌는지 깨닫고는 박수를 치면서 좋아했다.

진혁은 고개를 끄덕였다.

그 자신도 자신의 변화를 알기 때문이었다.

서클 수가 늘어나서인지, 엘그라시아를 만났기 때문인지 원인은 중요하지 않았다.

모든 게 가벼워졌다.

불과 며칠 전까지만 해도 아버지를 북한에서 모셔 와야 한다는 강박증 등에 많은 것에 짓눌려있었다.

육체는 16살인데 행동은 머릿속에든 100살이 넘은 노인에 맞추려고 애를 썼기 때문이었다.

그러다 보니 오히려 말투도 그렇고 모든 것에서 불만족스러웠다.

'몸이 어려지면 정신도 어려진다더니.'

진혁은 입가에 미소를 머금었다.

이제 서클 수가 5개이다.

앞으로 이 서클 수가 늘어날 때마다 자신은 또 변화해갈 것이라는 점이었다.

아니, 자신뿐만 아니라 자신을 둘러싸고 있는 환경도 마찬가지였다.

진혁은 그 변화를 즐겁게 받아들이기로 했다.

엘그라시아가 그에게 속삭여준 말이기도 했다.

– 변화를 즐겨요.

진혁은 자신에 대해서 모든 것을 내려놓고 나니 오히려 몸이 훨씬 가벼워졌다는 것을 인정할 수밖에 없었다.

몸뿐이 아니라 정신까지 말이었다.

그는 자신의 변화를 즐기면서 이 순간에 충실하리라 마음을 먹었다.

그는 자신도 모르게 중얼거렸다.

"카르페 디엠."

"으응?"

지혜가 진혁의 말을 알아듣고는 고개를 갸웃거렸다.

"지금 살고 있는 현재 이 순간에 충실하라는 라틴어다."

"아항."

"그만 들어가자."

진혁은 성큼성큼 수정식당 안으로 들어섰다.

지혜는 그런 진혁의 뒷모습을 보면서 여전히 고개를 갸웃거렸다.

'힘이 강해지면 저렇게 가벼워지는 건가?'

지혜의 붉은 볼이 홍조처럼 더 붉어지기 시작했다.

'멋…… 멋있어!'

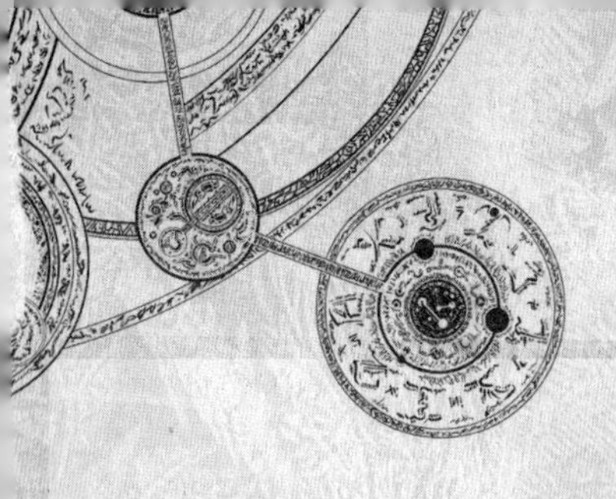

Return of the Meister

NEO MODERN FANTASY STORY

2. 개학…… 달라졌어요

2. 개학…… 달라졌어요

어느덧 개학날이 다가왔다.

진혁은 동생 진명과 지혜를 데리고 관악중학교로 향했다.

12살인 진명은 어렸을 때부터 두각을 나타내어 월반을 거듭해서 이미 중학생이기 때문이었다.

'잰, 굳이 중학교를 다닐 필요도 없는데…….'

진혁은 진명을 쳐다보고는 그 옆에 나란히 걷고 있는 지혜를 보았다.

순간 자신도 모르게 인상을 찌푸렸다.

졸지에 지혜의 보호자가 되었기 때문이었다.

삐쩍 마른 외모에 어린아이 같은 얼굴인 지혜가 14살이라는 사실도 믿겨지지가 않았다.

그보다는 계룡산에서 집으로 돌아갈 때 지혜가 따라가겠다고 난리칠 것은 예상도 못했다.

거기다 그녀의 어머니마저 간곡하게 지혜를 부탁해오지 않았던가.

'방을 그냥 내줄 때는 이유가 있었어.'

진혁은 자신의 실수를 깨달았다.

지혜의 어머니 얘기로는 큰손님이 오면 지혜는 무조건 큰손님을 따라가야 한다고 오래전부터 결정되어있었다는 것이었다.

무슨 신이 그렇게 알려줬다는데.

결국 진혁은 모녀와 함께 서울로 상경했다.

지혜의 어머니가 진혁의 어머니 장혜자에게 딸을 직접 부탁하기 위해서였다.

진혁이 어머니 장혜자를 설득하기엔 상황이 몹시 난처했기 때문이었다.

아파트를 판 문제와 여자애를 집으로 데려오는 문제는 너무도 다르다.

'어머니께서 허락하실 줄은…….'

진혁은 어머니 장혜자의 태도에 또한번 놀랐다.

보통 사람들은 무녀였던 아이를 자신의 집에 데려다 놓는 것을 꺼림칙스럽게 여길 것이다.

그런데 그녀는 지혜와 첫 대면에서 바로 자신의 집에 당분간 지내는 것을 허락했다.

두어달 뒤면 지혜의 어머니가 가게를 정리하고 서울로 올라올 것이었다.

워낙 가게의 규모가 컸기 때문에 다소 시간이 필요했다.

결과적으로 그때까지 지혜의 보호자 노릇은 순전히 진혁의 몫이 된 셈이었다.

"오빠는 아직도 내가 옆에 있는 게 못마땅하지."

지혜가 불쑥 진혁에게 한마디 했다.

"남의 마음 읽지 마라."

진혁이 그런 지혜의 머리를 가볍게 주먹으로 콩 박으면서 말했다.

"칫, 읽은 게 아니라 얼굴에 다 티 난다고요."

"너 그렇게 학교생활하면 친구들 다 떨어져나간다."

진혁이 진심으로 지혜에게 조언을 해주었다.

"왜 그런데?"

지혜가 의아한 표정을 지었다.

"보통 사람들은 네가 자신의 속마음을 눈치 채는 것을 싫어해."

"내가 알던 사람들은 안 그런데."

지혜의 입술이 삐쭉 나왔다.

'그건 너에게 점치러 온 사람들이고.'

진혁은 이런 말이 목구멍까지 나왔지만 애써 참았다.

"내말 믿어서 나쁜 것은 없는 거 알지?"

"그건 그래."

지혜는 쉽게 진혁의 말에 수긍을 했다.

"4달 동안 또래 친구들과 많이 이야기 해봐라."

"난 오빠에게 배우면 되는데."

지혜가 몹시 마음에 안 든다는 표정을 지었다.

"넌 내가 학교가 있을 동안 뭐하려고?"

"오빠 기다리면 되지."

"휴우. 말을 말자."

진혁은 어이없는 표정을 지면서 말했다.

지혜가 자신의 집에 머물고 있는 동안 정상적인 학교생활을 경험하게 해주고 싶었기 때문이었다.

"오빠는 왜 학교 다니는데?"

지혜가 샐쭉한 표정이었다. 아직도 학교에 집어넣은 것이 싫은 것 같았다.

"평범하게 보이려고."

진혁은 대답했다.

그의 말은 사실이었다.

진혁은 이미 5서클의 마법사였다. 아직 5번째 서클이 안정화되지 않았다고 해도 4서클의 마법은 얼마든지 시현해낼 수가 있었다.

그럼에도 불구하고 그는 중학생으로서 마지막 학기를

보내기로 결정했다.

아버지를 데려간 자들, 그 배후의 힘은 자신이 상상하는 것보다 강할 것이라는 판단을 내렸기 때문이었다.

모든 정황을 놓고 보았을 때 분명했다.

그렇다면 5서클을 안정화시키는 것이 가장 중요했다. 5서클을 안정화시키는데 시간이 필요하기도 했지만 그보다는 진혁 자신이 평범한 중학생처럼 보이는 것이 더 중요했다.

지피지기면 백승이라고 했다.

'아버지, 조금만 참으십시오.'

진혁은 고개를 들어 하늘을 잠시 쳐다보았다.

아버지 최한필 교수는 필시 어디선가 진혁이 힘을 기른 후 자신을 데리러 오기를 기다리고 있을 것만 같았다.

"쳇."

옆에서 두 사람의 대화를 듣고 있던 진명이었다.

두 사람이 다정하게 이야기를 나누는 것을 질투한 것이었다.

늘 엄친아처럼 행동했던 진명의 입에서 거친 소리가 나왔다. 진명이 첫날부터 지혜에게 관심을 보인 것은 진혁도 알고 있었다.

아니 온가족이 이미 다 알고 있는 일이었다.

남동생 진명은 예정대로였다면 아버지 최한필 교수가

카이스트 대학교내 있는 부설 고등학교에 입학시키셨을 것이었다.

진명의 지능과 지식은 웬만한 공대생을 넘고 있었다.

진혁과 어머니 장혜자는 아버지의 계획대로 진명을 입학시키려고 했다.

하지만 진명이 강하게 거부했다.

지혜 때문이었다.

자신보다 2살이나 많은 지혜를 첫눈에 보고 반해버린 것이었다.

무조건 이번학기는 원래 다니는 대로 다니겠다는 진명의 고집에 가족들은 항복할 수밖에 없었다.

그 덕에 이렇게 셋이서 나란히 등교를 하고 있었다.

"요놈 봐라."

진혁은 그런 진명이 귀여웠다.

타악!

진혁은 일부러 진명의 머리에 세게 알밤을 먹였다.

진명의 머리통에서 청아한 소리가 울려 퍼졌다.

'아차.'

이내 그는 자신이 힘 조절을 실패했다는 것을 깨달았다.

"왜 그래……."

진명의 눈에서 눈물이 핑그르르 돌았다.

진혁은 미안한 표정을 지을 수밖에 없었다.

"미안하다. 형이 힘 조절을 잘못했네."

"형 힘센 건 온 국민이 다 안다고. 나한테 힘자랑 하지 마."

진명은 애써 눈물을 참았다.

지혜 앞에서 알밤 한 대 맞은 게 아프다고 눈물을 보일 수는 없는 노릇이었다.

어느새 학교 앞에 다다랐다.

"진명이는 지혜를 잘 챙겨야 한다."

"우리 반이 되는 거야?"

진명의 눈이 반짝거렸다.

"꿈 깨라. 그건 수속해봐야 알지."

진혁은 1,2학년의 교실이 있는 건물에서 진명과 헤어지고 3학년 교실과 교무실, 행정실이 있는 건물로 지혜를 데리고 들어갔다.

진혁은 행정실 수속을 마치고 교무실에 계신 1학년 주임 선생님께 지혜를 데려다 주었다.

그리고 자신은 자신의 교실로 들어갔다.

이미 아침조회는 한창 진행되고 있었다.

진혁은 조심스럽게 뒷문으로 교실에 들어섰다.

사전에 진혁으로 부터 연락을 받은 담임선생님은 그런 그를 힐끔 한번 쳐다볼 뿐이었다.

조회시간이 끝났다.

몇몇 아이들이 진혁의 눈치를 보았다.

그들도 진혁 아버지의 소식을 들었기 때문이었다.

그의 아버지가 서울대 교수라는 것은 누구나 다 알고 있었다.

게다가 진혁이 문제아이자 싸움꾼이라는 것도 말이었다.

다들 진혁의 곁에 가기를 꺼려했다.

혹시나 불똥이 자신들에게 튈까 염려스러웠기 때문이었다.

아이들은 맨 뒷자리에 앉아있는 진혁의 뒤에 있는 생수기에 물을 마시러 가는 것도 꺼려했다.

쪼르르륵.

진혁 쪽으로 둥근 지우개 하나가 굴러들어왔다.

그의 앞쪽에 앉아있는 박하나가 실수로 지우개를 놓친 것이었다.

탁.

진혁이 굴러가는 지우개를 발로 잡았다.

그 모습을 본 몇몇 반 아이들 얼굴에는 그럼 그렇지 하는 표정이 떠올랐다.

진혁은 한쪽 팔을 밑으로 기울여 지우개를 쥐어들고는 박하나에게 다가갔다.

그 광경을 본 반 아이들이 숨을 죽였다.

그들의 얼굴에는 박하나가 안됐다는 표정이 역력했다.

"이거 네 거지."

진혁이 부드러운 미소를 띠면서 박한나에게 지우개를 내밀었다.

“어…….”

박하나는 진혁이 다가올 때만 해도 초긴장 상태에 있었다.

그런데 의외로 부드러운 말투로 지우개를 건네주는 진혁의 모습에 놀라는 듯 했다.

두꺼운 뿔테안경을 쓴 박하나는 한손에는 문제의 지우개를, 다른 한손으론 안경테를 만지작거렸다.

‘설마 저게 다는 아니겠지?’

반 아이들의 머릿속에는 공통된 생각이 떠올랐다.

하지만 진혁은 반 아이들의 기대를 저버리고 그저 말없이 자신의 자리로 되돌아갔다.

‘오래살고 볼일이네.’

‘아버지가 실종돼서 기가 죽었나보다.’

…….

반 아이들은 진혁의 달라진 태도에 별의 별 이유를 생각했다.

어쨌건 예전처럼 툭하면 성질부리는 최진혁은 없어졌다는 것이 다행이었다.

진혁은 수업시간 내내 수업에 집중하는 듯 했다.

문제는 그런 진혁을 건드리는 아이들이 있다는 것이었다.

진혁과 하루가 멀다 하게 으르렁 거리던 아이들.

손진상이 그 중 하나였다.

덩치는 손진상이 더 크다. 하지만 진혁은 악으로 똘똘 뭉쳐 있었다.

'기회군.'

손진상은 진혁이 아버지의 실종건 이후로 기가 죽었다고 여겼다.

이번 기회를 살려서 저 놈을 묵사발을 내 주면 될 것이다. 손진상은 그렇게 생각했다.

7교시가 막 끝났을 때였다.

반 아이들이 일제히 대청소를 시작했다.

청소가 빨리 끝날수록 집에 가는 시간이 빨라진다.

진혁 역시 예외는 아니었다.

속알맹이가 달라졌다고는 하지만 학교에 오래 머무르는 것은 여전히 싫었다.

그는 자신이 맡은 유리창 쪽으로 윈덱스와 마른 걸레를 들고 갔다.

마음 같아서야 마법을 사용하고 싶었다.

그 순간 청소는 끝이 날 텐데.

시간이 아깝다.

아버지를 납치한 자들.

그 배후를 밝히기 위해 전념해도 모자랄 판국에 청소나

하면서 시간을 보내야 한다니.

'뭐야?'

무표정한 얼굴로 진혁이 유리창을 닦던 때.

진혁이 발을 들어 올렸다.

그의 발이 자리하고 있던 곳을 손진상의 발이 휙 지나 갔다.

시비가 시작 된 모양이다.

진혁은 귀찮다는 듯, 고개를 절레절레 저으며 다시 유리창을 닦았다.

손진상의 얼굴이 험악하게 일그러졌다.

"최진혁!"

"왜?"

"청소 제대로 안 하냐?"

진혁의 시선이 손진상을 향했다.

말도 안 되는 억지를 갖다 붙이려는 모양이다.

기어코 싸움을 하고야 말겠다는 얼굴이었다.

교실 분위기가 차갑게 가라앉았다.

반 아이들은 드디어 올 것이 왔다고 여겼다.

아이들은 손진상의 이런 모습에 진혁이 폭발할 것이라 여겼다.

오늘 따라 평소답지 않다고는 하나 어쨌든 진혁은 진혁이니까.

그런 아이들의 기대를 배신하기라도 하려는 듯, 진혁의 입가에 부드러운 미소가 피어 올랐다.

"제대로 할게."

"뭐, 뭐라고?"

예상과는 정 반대의 반응에 손진상의 눈동자가 동그랗게 커졌다.

그 상황을 보고 있는 반 아이들이 놀라는 것도 마찬가지였다.

'갑자기 진혁이가 왜 저러지?'

'말도 안 돼!'

아이들은 각기 이런저런 생각을 하면서 추이를 지켜보았다.

손진상은 반 아이들의 시선이 자신과 진혁에게 쏠려있다는 것쯤은 알고 있었다.

아무리 진혁이 사과를 했다고 하더라도 이대로 물러날 수는 없는 일이었다.

와락.

손진상은 갑자기 진혁의 멱살을 잡았다.

"날 놀렸어? 그래, 오늘 진짜 제대로 한 번 해 보자."

손진상이 으르렁거렸다.

진혁의 입가에 맴돌았던 미소가 사라지고, 그 미간이 찌푸려졌다.

새파랗게 어린 놈들과 드잡이질을 하고 싶은 마음은 없다.

이 얼마나 유치한 일이란 말인가.

하지만 유치하다고 해서 그냥 넘길 수만도 없을 것 같았다.

앞으로 최소한 4개월은 더 학교를 다녀야 하니까.

앞날을 편하게 하려면 이 일 만큼은 확실하게 정리를 해야 했다.

"덤벼."

진혁이 말했다.

그의 목소리가 싸늘하기 그지없었다.

"싸운다!"

누군가의 함성에 반 아이들이 진혁과 손진상 패거리의 주변으로 몰려들었다.

옆 반, 옆옆 반 아이들까지도 몰려 들 정도였다.

그 상황에서 손진상은 진혁의 멱살을 놓고, 뒤로 물러서 자세를 잡았다.

양 팔등으로 얼굴을 보호하고 있는, 전형적인 길거리 싸움판의 자세였다.

진혁이 실소했다.

살의도 없고, 비장함도 없다.

평생을 검에, 혹은 마법에 바쳐 온 자들 특유의 기세 또한 없다.

그저 어린 아이의 치기 어린 모습만이 있을 뿐이다.

그 모습이 진혁에겐 너무도 귀엽게만 느껴졌다.

"먼저 와라."

진혁이 손가락을 까딱였다.

"이게! 누굴!"

손진상이 울컥하며 진혁을 향해 주먹을 내질렀다.

진혁이 손바닥을 활짝 폈다.

타악!

진혁의 얼굴을 노리던 손진상의 주먹이 그 손바닥에 막혔다.

'귀여운 놈.'

"크악!"

난데없이 손진상의 비명소리가 터졌다.

단지 주먹이 막혔을 뿐인데.

손진상은 이해가 되질 않는다는 듯, 진혁의 손바닥을 노려보며 얼굴을 찌푸렸다.

마치 콘크리트 벽을 친 것 같은 느낌이다.

'또 힘 조절을 실수했네.'

진혁이 살짝 눈살을 찌푸렸다.

"괜찮냐?"

"개소리 하지 마."

반 아이들 모두가 지켜보는데 주먹 한 번 뻗어 보고 아프다며 물러날 순 없다.

만약 그랬다간 개쪽이다.

손진상이 자신의 주변에 서 있던 패거리들을 향해 눈짓했다.

녀석들이 엉거주춤 앞으로 나오기 시작했다.

평소 같으면 자기가 알아서 진혁과 싸우던 했을 텐데.

고작 한 번 주먹만 뻗어 보고선 자기들을 내세우는 게 이상하다는 얼굴들이었다.

'도대체 왜 저래?'

녀석들은 그러면서도 진혁의 주변을 둘러쌌다.

"눈치 볼 필요 없어. 덤벼 봐."

진혁이 말했다.

그 목소리는 여유롭기 그지없었다.

녀석들이 황당하다는 듯, 진혁과 손진상의 얼굴을 번갈아 쳐다봤다.

"에이 씨. 무슨 영화 찍는 줄 알아? 등신 같은 새끼가!"

한 외침과 동시에 녀석들은 일제히 진혁에게 달려들었다.

한 놈은 진혁의 양 팔을 잡겠다며 뒤로 뛰어왔고, 또 한 놈은 앞에서 진혁의 주의를 분산시키겠다며 주먹을 내질렀다. 나머지 두 놈은 뒤에서 뛰어오는 놈과 함께 진혁을 넘어트리려 하고 있었고.

자기들 딴엔 열심히 전술까지 짜 가면서 연습도 한 공격이겠지만 진혁에겐 가소롭기만 했다.

진혁은 녀석들의 손목을 하나씩 낚아채며 자신을 향해 달려드는 그 운동 에너지를 이용했다.

쿵!

순식간에 네 녀석들이 교실 바닥에 쓰러졌다.

녀석들이 어떻게 해서 쓰러진 것인지 제대로 본 아이는 단 한 명도 없었다.

"……."

일순간 교실에 침묵이 내려앉았다.

"많이는 안 아플 거야. 조금 얼얼한 정도니까 참아 봐라. 또 덤비려면 덤벼 보고."

진혁이 팔짱을 낀 채, 녀석들을 향해 말했다.

녀석들이 서로의 눈치를 살폈다.

녀석들은 하나같이 혼란스러운, 그러면서도 지금의 상황이 적잖이 당황스러운 얼굴들이었다.

"안 덤벼?"

"폼 잡지 마. 병신아."

손진상이 진혁을 향해 다가왔다.

나머지 녀석들도 쭈뼛쭈뼛 진혁의 주변을 둘러쌌다.

"쳐!"

손진상이 소리쳤다.

동시에 녀석들이 다시 진혁에게 달려들었다.

하지만 이번에도 결과는 같았다.

쿵!

찰나의 순간, 녀석들 다섯 명 모두가 교실 바닥에 쓰러졌다.

좀 전에는 손목을 잡히는 느낌이라도 있었지, 이번엔 그마저도 없었다.

그냥 진혁에게 덤빈 순간, 시야가 홱 돌아가며 교실 바닥에 내동댕이 쳐지는 고통이 전해질 뿐이었다.

"아까보단 조금 더 아플 거야. 또 덤비려면 덤벼 봐."

진혁은 여전히 여유롭기 그지없는 모습으로 그렇게 말했다.

그 모습을 반 아이들은 긴장하면서 지켜보았다.

아이들은 비로소 진혁이 달라졌다는 것을 깨닫기 시작했다.

방학 전 보았던 최진혁이 아니었다.

그러고 보니 키도 제법 커졌다.

삐쩍 말랐던 몸에 제법 붙은 살이 전부 근육으로 보였다.

얼굴은 또 어떤가.

아기처럼 앳되보이던 얼굴 탓에 만만하게 본 손진상 같은 애들이 시비를 종종 걸지 않았던가.

하지만 그 앳된 외모와는 다르게 진혁에겐 묘한 분위기가 풍겨져 나오고 있었다.

아이들은 알지 못하지만 진혁이 지금껏 살아 온 세월의 흔적이었다.

'멋있어.'

진혁에게 친절하게 지우개를 건네받았던 박하나가 자신이 안경을 고쳐 썼다.

그녀의 볼이 발그레해지고 있었다.

박하나가 주위를 두리번거렸다.

진혁이 멋있다고 생각하는 것은 자신만이 아닌 모양이었다.

다른 여자아이들의 얼굴에서 진혁을 향한 호기심이 이는 것을 확인할 수 있었다.

그렇게 1분이나 지났을까?

손진상이 다시 진혁의 앞에 서서 자세를 잡았다.

"병신같은 짓거리 하지 말고 제대로 덤벼 병신아. 속임수 같은 거 쓰지 말고."

손진상이 으르렁거렸다.

하지만 그 모습을 지켜보던 아이들은 알 수 있었다.

손진상의 으르렁거림이 더는 무섭지가 않았다.

겉으로는 저렇게 진혁을 죽일 듯이 노려보고 있지만 손진상의 서 있는 모습부터가 전보다 위축되어 있었다.

"씨발. 이번엔 진짜로 조져!"

손진상이 패거리 녀석들을 향해 소리쳤다.

"나, 나는 빠질래."

패거리들 중 한 명, 유지태가 손진상의 눈치를 보며 슬쩍 반 아이들의 사이로 들어갔다.

더는 진혁과 싸우고 싶지가 않았다.

싸운다 하더라도 승산이 없었다.

두 번이나 덤볐는데 두 번 다 자기가 어떻게 내동댕이쳐진 것인지도 모르게 당했으니까.

"나, 나도 빠질래."

그러자 또 다른 녀석이 말했다.

"나도."

나머지 두 녀석도 차례차례 손진상에서 벌어져 갔다.

손진상이 입술을 질끈 깨물었다.

진혁에게 덤벼도 이길 수 없을 것이라는 건 그 역시도 느끼고 있었다.

할 수만 있으면 시간을 되돌려서라도 시비를 걸기 전으로 돌아가고 싶었다.

구경하는 놈들만 백 명이 넘는데 도대체 이게 무슨 개쪽이란 말인가!

하지만 이대로 물러날 순 없다.

어떻게 해서든 진혁을 묵사발로 만들어야 했다.

그러지 않으면 오늘의 일이 두고두고 자신을 따라다니며 기억하고 싶지 않은 굴욕이 될 터였다.

"그만 귀찮게 하고 꺼져."

민욱이 나지막한 목소리로 말했다.

그 순간, 시뻘겋게 달아올라 있던 손진상의 얼굴이 창백하게 변하기 시작했다.

손진상의 다리가 후들후들거리고 있었다.

그 모습을 지켜보던 아이들은 의아하다는 얼굴로 진혁과 녀석의 모습을 번갈아 쳐다봤다.

하지만 달라진 건 없었다.

진혁은 그저 한 마디를 했을 뿐이었다.

"한 번만 더 귀찮게 굴면…… 아마 많이 아플 거야."

진혁이 손진상의 앞으로 걸어가 그의 옆에다 대고 자그맣게 말했다.

손진상이 힘겹게 고개를 끄덕였다.

녀석의 이마에 식은땀이 송골송골 맺히고 있었다.

"무슨 구경 났어? 다 끝났으니까 얼른 청소나 끝내고 집에 가자."

손진상의 어깨를 가볍게 두드려 주고서 진혁이 주변을 향해 말했다.

아이들이 일사분란하게 움직이며 대청소를 시작했다.

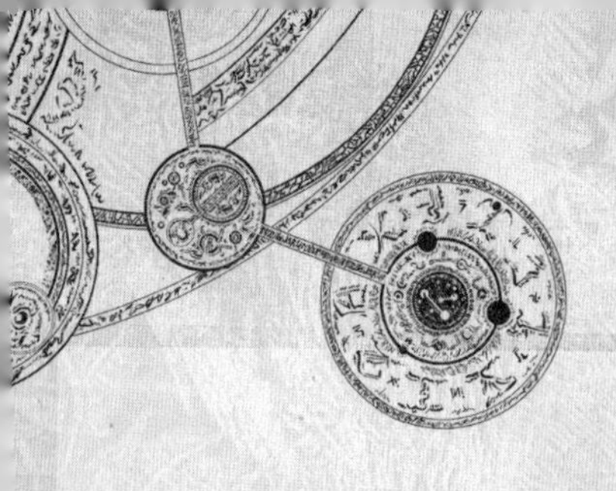

Return of the Meister

NEO MODERN FANTASY STORY

3. 밝혀지는 사실들

3. 밝혀지는 사실들

모두가 잠든 한밤중.

진혁은 투명마법을 시현하여 자신의 몸을 감춘채로 서울대 김호진 교수의 연구실로 향했다.

지구의 세계수이자 판테온의 엘그라시아를 만난 이후 진혁은 지구에 귀환해서 겪은 일들에 대해서 차근차근 곱씹어보는 시간을 가졌었다.

그 안에 김호진 교수의 행동에 대해서도 재평가가 되었다.

분명 그에겐 뭔가 석연찮은 것들이 있었다.

과거 지구에 살았을 때 알고 지냈던 김호진 교수의 행동 패턴이 이번 귀환 후에는 뭔가 달랐다.

'내가 다르게 행동했으니.'

과거 아버지가 자진 월북한 것으로 정황이 몰아가게 된 것에 비하면 지금은 아버지가 납치되었다고 알려져 있었다.

이는 진혁의 덕분이었다.

그로 인해 김호진 교수의 태도도 뭔가 달랐다. 과거라면 절대로 하지 않을 일.

최근 그는 진혁이나 가족들에게 접근해서 뭔가 알아내려고 애쓰는 듯했다.

'그런 김호진 교수를 믿어보려고 하다니.'

진혁의 이맛살이 잠시 찌푸려졌다.

모든 게 선입관의 문제였다.

한번 그 사람을 좋게 보면 그 사람의 행동에 대해서 무조건 좋게 이해하려고 애쓰는 것이 사람 본능이었다.

그렇다고 해서 김호진 교수의 그런 석연찮은 행동을 자신이 그냥 넘어간 점에 대해서는 뼈아프게 느껴졌다.

그런 면에서 확실히 아버지 최한필 교수가 막 귀환한 자신을 만류한 것이 이해는 되었다.

그 당시 자신은 그야말로 좌충우돌하는, 노인처럼 행동하고 싶어 안달이 난 어린애에 불과했다.

판테온에서 9서클의 대마법사라는 지위에 올랐음에도 불구하고 지구로 돌아온 그는 그저 꼬맹이에 불과했다.

우주의 신비는 놀랍기 그지없었다.

'제아무리 높은 경지에 이른 자라고 할지라도 다시 세상으로 돌아오면 이렇겠지.'

진혁은 그간의 행동을 변명하고 있는 자신이 한심하다는 듯이 피식 웃었다.

동시에 그의 머릿속에선 여전히 풀리지 않는 의문이 꼬리를 물고 있었다.

'아버지는 어떻게 아셨을까?'

하나의 의문이 풀리면 또 하나의 의문이 그의 앞을 막아선다.

'차근차근 풀어내자.'

진혁의 눈은 조용히 빛났다.

김호진 교수의 연구실은 한밤중임에도 불구하고 불이 켜져있었다.

'역시 이 시간까지 일하시는군.'

평소 아버지 최한필 교수나 김호진 교수가 늘 밤늦게까지 일하고 했기 때문에 이 시간까지 있으리라고는 예상하고 있던 그였다.

아마도 김호진 교수와 조교 한두 명만이 남아있을게 뻔했다.

평소 낮 시간에는 많은 연구원이 들락거리기 때문에 진혁은 일부러 이 시간을 택해서 온 것이었다.

몇 명의 눈을 피하는 것은 투명마법으로 충분했다.

'일단 연구실을 뒤져보자.'

그는 연구실을 뒤져도 별다른 소득이 없을 지도 모른다는 생각은 이미 했다.

하지만 최근 들어 아버지와 김호진 교수가 무엇을 연구했는지 정도는 확실하게 알 수 있을 것이었다.

지금 상황에서 김호진 교수에게 접근해서 꼬치꼬치 캐물어봐야 의심만 살 뿐이었다.

김호진 교수가 그가 생각하는 사람이 아니라고 해도, 맞다 고해도 말이었다.

괜한 분란은 일으킬 필요가 없었다.

진혁은 연구실 문으로 향했다.

그 순간, 보통사람들은 절대 알 수 없는 한 가지가 그의 눈에 들어왔다.

연구실 문에 새겨진 마법진.

안의 소리가 외부로 새어나가는 것을 차단하고 심지어 허락받지 않은 자들이 들어올 수 없게 하는 마법진이었다.

진혁의 눈은 경악으로 물들었다.

이 지구상에 마법사가 존재할 지도 모른다는 뜻이었다.

아니, 백번 양보를 한다고 해도 적어도 마법진을 제대로 다룰 줄 아는 자가 있다는 것을 뜻했다.

문에 새겨진 마법진은 완벽했다.

자신들이 마법사라면서 어쭙잖은 마법진이나 그려대고

엉터리 주문을 외우는 마법학 동호회 같은 곳의 장난 짓이 절대 아니었다.

정확하게 마법진의 목적이 무엇인지 알고, 그 목적이 완벽하게 이루어지도록 만들어진 마법진이었다.

'일단 기다려보자.'

진혁은 자신의 몸을 관조했다.

투명마법 자체는 그다지 어려운 마법은 아니었다.

하지만 시간이 흐를수록 마나량의 소모가 극심해지는 것을 염두에 두어야 했기 때문이었다.

투명마법은 시현하기는 쉽고 처음 얼마는 마나량이 적게 소모되지만 시간이 흐를수록 기하급수적으로 마나량 소모가 컸다.

30분여가 그렇게 흘러갔다.

삐걱.

그때 연구실의 문이 열렸다.

한사람의 모습이 열려진 문 사이로 보였다.

얼마 전 함께 밥을 먹었던 조교 조성진이었다.

그 뒤로 김호진 교수가 따라 나오고 있었다.

정황을 보아 그 둘만 연구실에 남아있었던 듯했다.

'둘 사이가 이상한데?'

진혁은 두 사람을 유심히 보았다.

"계속 그 가족에 대해서 보고하게."

김호진 교수의 입에서 나올법한 말이 조교인 조성진에게 흘러나오고 있었다.

"명령하신대로 하겠습니다."

김호진 교수는 허리를 굽실거렸다.

조성진의 얼굴은 여전히 무뚝뚝한 표정이었다.

그런 조성진을 김호진 교수가 눈치 보듯이 쳐다보면서 말했다.

"언제 돌아오십니까?"

"알려고 들지 마라."

"아, 제가 감히 실례를 저질렀습니다."

김호진 교수는 큰 잘못을 저지른 죄인인 마냥 사색이 되었다.

조성진은 그런 김호진 교수를 깔보는 듯한 눈빛으로 쳐다보았다.

'저럴 수가.'

진혁은 두 사람의 역할이 완전히 바뀐 것을 보고 경악할 수밖에 없었다.

정황은 뚜렷해졌다.

김호진 교수 역시 아버지를 납치해간 자들과 손을 잡고 있는 것이 분명했다.

그리고 무슨 일인지 몰라도 그 이후 자신과 가족을 여전히 염탐하고 있었다.

얼마 전 자신과 밥을 먹을 때 조성진을 합석시킨 것도 자신에 대해서 염탐하기 위한 것이었다.

그리고 아버지를 납치해간 자들은 최소한 마법진을 사용할 줄 아는 자들이었다.

'그자의 팔에 역오각성이 그려진 것이 우연은 아니었군.'

진혁은 팔에 용문신을 새겼던 사내가 떠올랐다.

이미 그자가 단순히 조직폭력배같은 자가 아닌 것은 문신을 보고 알았다.

'뻔뻔하게 우리 가족을 위로하면서 나타나다니.'

진혁이 주먹을 쥐었다.

영재원에서 진명을 힘으로 데려가려고 했다는 어머니 김영숙의 전화에 부리나케 달려왔던 김호진 교수가 떠올랐기 때문이었다.

뻔뻔하게 아내까지 동반한 채 말이었다.

이제 알고 보니 조직의 일이 실패로 끝나게 되자 상황을 수습하기 위해서 자신의 집을 방문한 셈이었다.

진혁은 김호진 교수의 배신에 치가 떨렸다.

그는 아버지와 평생을 함께 한 사이가 아니었던가.

친구에게 배신당한 아버지 최한필 교수의 기분은 어땠을지 짐작이 갔다.

'침착하자.'

진혁은 긴 한숨을 쉬면서 흥분을 가라앉혔다.

'이래서는…….'

진혁의 입가에 씁쓸한 미소가 떠올랐다.

판테온에 있었을 때는 가족에게 돌아가야 한다는 일념만이 그에게 오로지 남아있었다.

그런데 막상 지구로 귀환하고 보니 모든 상황이 알면 알수록 복잡해지고 있었다.

친구가 친구를 배신하는 것.

가족이 가족을 배신하는 것.

사랑하는 사람이 사랑하는 사람을 배신하는 것 등.

얼마든지 판테온에서도 있었다.

그는 지난 100여 년 동안 자신의 주변에서 그런 것들을 수없이 목격했다.

더러는 그가 간섭해서 상황을 정리해주기 까지도 했고 더러는 그들 스스로 해결하도록 내버려두기도 했다.

판테온에서 세월이 지나면 지날수록 그의 행동은 항상 현명하고 지혜로웠다.

사람들은 그런 그를 존경하지 않았던가.

9서클에 오르고 시간과 사건의 휘어짐을 얼핏 알게 되면서 모든 세상사에서 멀어져 갔던 그였다.

마탑에만 머물고 있는 그를 인간사에 붙잡은 것은 오로지 하나밖에 없었다.

지구로 되돌아가는 것.

가족을 다시 만나는 것뿐이었다.

그것만이 그의 의식에 남아 긴 시간을 버티는 기둥이 되어주었다.

그런데 막상 지구로 돌아와 보니 자신이 보통 사람들과 같은 처지가 돼 버렸다.

오랜 시간, 잊고 지내던 인간의 감정이 되살아난 것이었다.

귀환후 보였던 자신의 치기어린 행동에 대해서 반성한다고 나름 반성했는데도 불구하고 말이었다.

아버지를 배신하고 가족을 배신하고 자신을 기만한 김호진 교수가 죽도록 밉다는 감정이 그를 한순간이라고 하더라도 지배하지 않았던가.

-변화를 즐기세요.

문득 엘그라시아의 남긴 말이 떠올랐다.

'카르페 디엠.'

진혁은 계룡산에서 지혜 앞에서 중얼거렸던 단어를 다시 한 번 속으로 중얼거렸다.

과거의 대마법사 이안 백 구르텐 판 드니오 진혁 최는 더 이상 이곳에 존재하지 않는다.

지금은 판테온의 그가 아니라 지구의 최진혁일 뿐이었다.

그렇다면 더 이상 자신의 과거에 얽매여 애쓸 필요가 없었다.

그제야 진혁의 얼굴이 밝아졌다.

계룡산을 내려올 때 느꼈던 그 가벼움이 다시 한 번 그의 전신에 감돌았다.

'일단 조성진을 따라가는 게 낫겠지?'

지금 상황을 보면 김호진 교수는 조직이 시켜서 움직이는 피라미에 불과했다. 분명 조교 역할을 하고 있는 조성진이 그보다는 더 많은 것을 알고 있을 것이 뻔했다.

'이크, 마나.'

진혁은 안타까웠다.

마음 같아서는 조성진의 뒤를 쫓고 싶었다.

하지만 투명마법을 유지할 마나량이 부족했다.

'이가 없으면 잇몸으로라도 돌파하자.'

어느새 서울대 안에 있는 교수 전용 주차장에 이르렀다.

진혁은 자신의 차에 올라타는 김호진 교수를 지켜보았다.

그의 마음 같아서는 김호진을 한 대 치고 싶었다.

치고 싶으면 치는 것이다.

다만 지금은 그의 마음이 김호진이 아닌 조성진을 따라가는 것이 더 중요하다고 결정을 내렸을 뿐이었다.

'오늘은 그냥 보내는 것이 아니라 한 대 적립해두는 것뿐이다.'

아직 9월이 되지 않았는데도 8월말의 밤공기는 무척 싸늘했다.

"교수님, 먼저가십시오."

조성진이 아무도 없는, 간간이 차가 몇 대 주차되어 있을 뿐인 주차장에서 김호진에게 공손한 태도를 보였다.

연구실에서 막 나올 때 보였던 태도와는 전혀 딴판이었다.

"조심히 가게."

김호진은 조성진에게 고개를 끄덕여보였다. 그렇게 말하는 그의 얼굴엔 조성진에 대한 두려움이 얼핏 떠올랐다.

진혁은 그 순간을 놓치지 않았다.

그의 머릿속은 빠르게 회전되었다.

확실히 오늘은 김호진을 보내주는 것이 낫다.

진혁은 부드럽게 주차장을 빠져나가는 김호진의 차 뒷모습을 지켜보았다.

조성진은 품안에서 담배와 라이터를 꺼내들었다.

후욱.

그의 입에서 밤공기를 녹이는 담배연기가 나왔다.

"조성진, 뭐하고 있지?"

조성진은 자신의 등 뒤에서 나는 익숙한 목소리에 뒤를 돌아보았다.

진혁이었다.

언제 거기에 서있었는지 모르겠다.

인기척도 느끼지 못했기 때문이었다.

'내 감이 이렇게 느려졌나?'

조성진은 약간 의아한 표정을 지어보였다.

진혁이 자정이 넘은 시간에 이곳에 있다는 것도 그렇고 자신에게 반말을 하는 것도 마음에 걸렸다.

그렇다고 무조건 자신의 본색을 보여서는 안 되다.

"진혁아, 이 시간에 뭐하니?"

"너랑 김호진 인형놀이 보고 있었다."

"……."

조성진은 그제야 진혁이 연구실까지 왔었다는 것을 깨닫았다.

"어린애가 잠은 안자고 이 시간에 뭐 하러 이곳까지 왔니?"

조성진은 손에 든 담배를 바닥에 내던졌다.

"김호진이 언제든 놀러오라고 했거든?"

"그렇다고 한밤중에 찾아오는 건 예의가 아니지. 너보다 한참 형에게 반말은 뭐고?"

"난 예의가 없거든."

진혁은 어깨를 으쓱거렸다.

그는 일부러 조성진을 도발하고 있었다.

"쓸데없이 집에서 먼 곳까지 돌아다니다보면 다치는 수가 있거든."

조성진이 진혁을 보면서 차갑게 웃었다.

"내가 몽유병인가 보지."

진혁이 무덤덤하게 대답했다.

보통 사람들은 조성진이 풍기는 원래의 태도를 보면 주눅이 들게 마련이었다.

하지만 눈앞의 꼬마는 전혀 주눅도, 위축되지도 않았다.

자신의 말에 지지 않고 입씨름을 벌이고 있었다.

조성진은 살짝 짜증이 났다.

처음부터 마음에 안 들던 꼬마였다.

"그래서 무얼 알았지?"

그의 모습에서 본래의 오만한 태도가 나오기 시작했다.

"김호진이 너에게 굽신거린다는 거."

"그래서?"

"그것만 봐도 충분했는데."

진혁이 덤덤하게 말했다.

"충분?"

조성진은 진혁이 어디까지 자신들의 사이를 알고 있는지 확인해야 했다.

"우리 아버지의 납치에 김호진과 네가 연관 있으리라는 것쯤은 충분히 알 수 있었단 뜻이지."

"나와 김호진 사이를 보고 그 정도 까지 추리해대다니 영리한 꼬마인 걸?"

"영리하지. 아버지와 진명이한테까지 미치지 못할지 몰

라도 나름 아이큐가 꽤 높거든."

진혁은 일부러 자신의 손가락으로 자신의 머리를 가리켰다.

IQ200의 아버지 최한필 교수나 진명이에 비해 과거 지구에서 열등감을 가지고 살았다지만 그의 IQ도 150은 넘었다.

일반사람들에 비하면 상당히 높은 IQ인 것만은 분명했다.

"내가 보기엔 열등감에 절은 꼬마일 뿐인데."

"맘대로."

진혁은 코웃음을 쳤다.

상대는 자신을 자극하기 위해서 일부러 계속해서 질문과 야유를 섞고 있었다.

그 정도쯤은 진혁도 알고 있었다.

아니 오히려 조성진을 갖고 놀고 있는 셈이었다.

그는 지금 진혁이 얼마나 자신과 김호진에 대해서 알고 있는지 확인하기 위해서 계속 질문을 해대고 있지 않은가.

"내가 정부비밀요원일 수도 있지 않은가?"

조성진이 씩 웃었다.

'상식적으론 그렇지.'

진혁은 속으로 생각했다.

보통 사람들이 자신의 조교에게 굽실거리는 김호진을

보았더라면 조성진이 신분을 숨기는 것에 대해서 두 가지 추리가 가능한 것은 사실이었다.

그의 말대로 정부비밀요원이어서 그럴 수 있었다.

또 하나는 최한필 교수를 납치해가고 진명이를 데려가려던 자들과 연관이 있을 수 있다는 것이었다.

'마법진을 보지 못했더라면…….'

진혁은 그의 생각을 그렇다고 조성진에게 말하지는 않았다.

굳이 자신이 마법진을 볼 수 있다는 것을 노출시킬 필요는 없었다.

"내 직감을 따랐을 뿐."

진혁은 조성진에게 차갑게 말했다.

"워~꼬마야, 명을 재촉한다."

뚜벅 뚜벅.

조성진이 진혁의 바로 코앞까지 다가오면서 말했다.

훅.

순간 조성진이 진혁의 다리를 걸었다.

하지만 진혁이 조금 더 빨랐다.

그는 가볍게 자신의 다리를 향해서 날아오는 조성진의 다리를 피해 살짝 몸을 움직였다.

동시에 자신의 다리로 조성진의 정강이쪽을 살짝 쳤다.

쿵.

조성진의 몸이 중심을 잃고 땅바닥에 나가 떨어졌다.

'이 꼬마가 운이 좋은 게 아니다.'

조성진은 얼마 전 진명을 데리러 보냈던 자들이 오히려 진혁에게 당했던 것을 떠올렸다.

그때 김호진 교수는 진혁이 운이 따랐다고 보고했었다.

좁은 장소에서 소란을 피해 아이를 제압하려다 보니 일이 그렇게 되었다고 했다.

직접 진혁과 짧은 순간이나마 접해본 조성진은 그제야 어설프게 그를 대해서는 안 된다는 것을 깨달았다.

자신이 비록 마법진 연구에 시간을 쏟아 부어 육체를 제대로 단련시키지 않았다고 하더라도 어른을 상대로 단 한 번에 공격을 성공시키는 것은 운으로 보아서는 절대 안 되다.

"꼬마가 제법이군."

그는 몸을 일으켰다.

두 사람은 일정거리를 두고 서로를 노려보았다.

"공격은 언제든 환영이야."

진혁이 조성진에게 약 올리듯이 말했다.

"한번 날 이겼다고 해서 너무 득의양양한데? 꼬마야 너 그러다가 다친다."

조성진은 진혁의 대답을 기다리면서 자연스럽게 바지주머니에 손을 집어넣었다.

"다치고 싶은데?"

진혁이 말했다.

그의 말에 조성진이 씩 웃더니 바지주머니에서 손을 꺼내들었다.

그의 손에서 무언가가 진혁의 전신을 향해서 날아 들어왔다.

휘리리리릭.

바늘이었다.

조성진의 손에 날아간 바늘은 갑자기 수천 개로 변했다.

일촉즉발의 순간이었다.

후드드드드득.

진혁의 바로 코앞에서 수천 개의 바늘들이 힘없이 땅에 떨어졌다.

진혁이 아티팩트 무효화 마법을 시현했기 때문이었다.

바늘 그 자체가 아티팩트였다.

하지만 최소 4서클을 자유자재로 시현할 수 있는 진혁에겐 그야말로 껌 딱지에 불과했다.

"뭐야!"

"으악!

두 사람의 입에서 동시에 고함과 비명이 터져 나왔다.

조성진은 조성진대로 늘 신변보호를 위해서 소지해 가지고 다니는 아티팩트가 힘없이 진혁 앞에서 떨어진 것에 대해서 놀라고 있었다.

이런 광경은 전에 딱 한번 본적은 있었다.

하지만 눈앞의 소년이 그런 체질이라고는 미처 예측하지 못했기 때문이었다.

진혁은 진혁대로 아이답게 놀라는 척을 했다.

아직 조성진에게 자신이 마법사라는 것을 드러내기 싫었기 때문이었다.

좀 전에 조성진의 몸을 스캔한 결과 아주 적은 마나량을 발견했다.

하지만 그 정도로는 1서클의 마법도 시현하기 어렵다.

그것만으로 진혁은 조성진이 마법진을 다룰 수 있을지 몰라도 마법 자체는 시현하기 어렵다는 것을 알았다.

물론 지구에는 마나를 몸에 적립하는 개념이 없다.

그 얘긴 조성진이 역오망성과 관련이 있는 한편, 그가 속한 조직이 마법에 대해서 아주 잘 알고 있다는 것을 추리할 수 있었다.

조성진이 제대로 된 마법사가 아닌 이상 진혁이 자신이 마법사임을 굳이 드러낼 필요가 없었다.

도마뱀은 꼬리가 잡히면 꼬리를 자르고 도망을 친다.

진혁은 애써 잡은 아버지에 대한 단서를 놓치고 싶지 않았다.

쿵.

진혁은 너무 놀라 땅바닥에 엉덩이를 찧어 보이는 연출까지 했다.

'얘는 애군.'

그 모습을 본 조성진은 그제야 비릿한 웃음을 지어보였다.

좀 전까지 자신에게 반말을 해대면서 깐족거리던 치기 어린 꼬마는 사라지고 이제는 겁먹은 꼬마만이 눈앞에 있었다.

"지 애비 닮았다는 건가?"

조성진의 입에서 놀라운 말이 흘러 나왔다.

진혁은 그의 말을 듣고도 표정을 흐트러뜨리지 않았다.

자신이 반응을 보일수록 조성진은 입을 다물어버릴게 뻔했기 때문이었다.

대신 16세 아이답게 행동하기로 했다.

"이게 다… 뭐……."

진혁이 놀래서 말을 채 잇지 못하는 것을 보고 조성진이 입을 열었다.

"아티팩트라는 건데, 네놈 애비한테는 좀 안 먹히거든. 어디 한 번 더 보여줄까?"

조성진의 말은 들을수록 놀라웠다.

아버지 최한필 교수에게 마법이 통하지 않다니.

도대체 아버지는 어떤 사람이란 말인가.

진혁은 조성진에게 캐낼 수 있는 모든 정보는 다 캐내야 한다고 생각했다.

그러는 사이 조성진의 손이 바지주머니에 쑤욱 들어가더니 무언가를 꺼냈다.

또 다른 아티팩트였다.

진혁은 그 아티팩트가 어떤 마법을 시현하는지 꿰뚫어 보았다.

'이번엔 좀 당해줄까?'

아무래도 조성진이 무엇을 꾸미고 있는지 자세히 알아야 했다.

자신이 힘이나 마법을 써서 조성진을 심문한다고 얼마나 정보를 얻을 수 있을까?

진혁은 조성진의 몸에 금제가 걸린 것쯤은 알고 있었다.

조직에 관한 정보는 그를 심문해서 얻을 수가 절대 없었다.

그야말로 영리한 놈 아닌가.

조성진의 몸을 투시해보면 희미한 검은 줄이 그의 온몸을 감싸고 있는 것이 보였기 때문이었다.

금제였다.

그 자신이 걸어놓거나 조직에서 걸어놓았을 것이었다.

'조직이겠지.'

진혁은 그렇게 생각했다.

검은 줄로 온몸을 휘감아 금제를 걸어놓는다는 건 흑마법의 일종이었다.

자기 자신에게 흑마법술인 금제를 걸어놓을 당사자가 어디 있겠는가.

물론 조성진이 그 사실을 알 수도, 모를 수도 있었다.

어쨌거나 진혁은 조성진의 몸에 걸린 금제를 보고 기가 막혔다.

판테온도 아닌 지구에서, 어떤 자들이기에 흑마법사들이 할 법한 짓을 한단 말인가.

휘리리릭.

조성진의 손에서 진혁을 향해서 아티팩트가 또다시 날아들었다.

여전히 진혁은 땅바닥에 주저앉은 채로 조성진을 보고 있었다.

그는 조성진의 아티팩트가 무엇인지 날아오는 동시에 알아차렸다.

블록아이스 마법.

아티팩트가 닿는 무엇이든지 순식간에 얼음덩이로 만드는 마법이었다.

'슬슬 장단을 맞춰 주어야겠지?'

진혁의 입 꼬리가 실룩였다.

이내 진혁은 그대로 얼어붙었다.

그의 얼굴이 깜짝 놀라서 어쩔 줄을 모르는 표정을 짓고 있는 그대로 말이었다.

그 모습을 보고 조성진은 의기양양해졌다.

뚜벅뚜벅.

그는 얼어붙은 채로 있는 진혁의 앞으로 다가왔다.

"흐흐흐흐. 꼬마야, 네가 자초했다."

조성진은 진혁의 그런 모습을 보고 낮은 웃음소리를 냈다.

◈

강변의 리츠사이드 호텔 스위트룸.

조성진은 넓은 거실의 한복판에 놓여져있는 소파에 앉아 있었다.

창밖으로 밤의 한강이 보였다.

한강에 가로질러 있는 다리에는 자동차 불빛들이 반짝거리고 있었다.

그는 지금 예상 밖의 소득에 기분이 좋았다.

최한필 교수의 아들 진혁에 대해서 뜻밖의 사실을 알아냈기 때문이었다.

비록 그가 최한필 교수에 비해서 마법을 무효화 시키는 능력이 떨어지는 것은 사실이었다.

한 번의 아티팩트 공격은 진혁의 무의식이 무효화시켰지만 또 다른 아티팩트 공격에는 그대로 당했기 때문이었다.

그의 아버지 최한필 교수의 경우는 마법진으로 만든 사술이든지, 아티팩트, 심지어 그분이 시현하는 마법조차 전혀 통하지 않았었다.

확실히 아버지에 비해서 진혁이 떨어진다고 조성진은 생각했다.

하지만 이것으로 그의 집안 유전자에 특별함이 있다는 것은 확실하게 알 수가 있었다.

최한필 교수의 둘째아들, 진명이 진혁보다는 더 아버지의 유전자를 물려받았다고 조직에서는 말했다.

조직이 그렇게 말했다면 확실하다.

아마도 본인이 모르는 사이에 조직에서 시험해봤을 것이었다.

그렇지 않고 진명을 데려오라는 명령을 내릴 조직이 아니었다.

'다른 수를 써야겠군.'

조성진은 한번 진명을 데려오는데 실패했다.

지금 그나 그의 조직은 상황상 진명을 대놓고 납치할 수가 없었다.

하지만 오늘 진혁을 만나 아티팩트를 시험해본 조성진은

진명이 더욱 탐났다.

'교수의 둘째아들까지 속히 조직으로 데려가야겠군.'

그렇게 되면 조성진의 입지는 자신의 형제보다 한 걸음 더 앞서 나가는 셈이었다.

하지만 모든 일은 반드시 신중하게 진행되어야 했다.

지금은 조직의 꼬리조차 밝혀서는 절대 아니 되었기 때문이었다.

조성진은 유리창을 힐끔 보면서 생각에 젖었다.

최한필 교수가 자진월북으로 여론몰이가 조성되었더라면 일이 수월했을 것이었다.

하지만 진혁이란 놈 때문에 일이 꼬이기 시작했다.

조직은 지금 한창 과도기에 있었다.

그런 상태에서 조직의 꼬리가 밟히는 것은 절대 안 된다.

그분께서 북한을 하수인 삼아 움직이는 것을 보면 자명했다.

국민의 알권리와 자유가 보장되어있는 남한에 비하면 북한은 단 몇 사람, 아니 딱 한사람만 휘어잡으면 그만이었다.

그것은 너무도 쉬웠다.

자본과 무기.

하지만 남한은 단 몇 사람을 휘어잡았다고 해도 일이 복잡했다.

"음."

조성진의 이맛살이 찌푸려졌다.

지금은 진혁의 뒤처리도 소홀할 수는 없는 상황이었다.

7월말에 안기부에서 진혁의 집을 24시간 감시하던 것을 철수했다고 하더라도 꾸준히 가족들의 동태는 확인하고 있을 게 뻔했다.

날이 밝아 오기 전까지 진혁의 뒤처리를 방관할 수는 없었다.

비록 최한필 교수만큼의 능력이 보이지는 않는다고 해도 현재로서 그 가치는 매우 컸다.

'시간이 좀만 더 있었다면.'

조직이 재정비되고 과도기가 진정되었더라면 이까짓 한국의 여론이나 안기부의 시선 따위는 의식하지 않아도 될 일이었다.

'아이러니하군.'

조직이 시끄럽게 된 것도 최한필 교수 때문이었다.

그가 조직에 혁신적인 바람을, 새로운 희망을 몰고 온 것이었다.

그만큼 조직이 시끄러워졌고 누군가에게는 그것이 기회가 되었다는 점이었다.

한편, 조성진에 의해서 호텔 한쪽 방에 얼어붙은 채로 진혁은 처박혀 있었다.

얼음덩이가 된 진혁의 입 꼬리가 슬쩍 올라갔다.

동시에 그의 몸을 둘러싸고 있던 얼음이 순식간에 사라졌다.

동시에 얼음덩어리로 인한 한기가 몰려왔다.

'좀 춥네.'

진혁은 마법으로 따뜻한 바람을 일으켰다.

'이제 슬슬 나가볼까?'

그의 몸에서는 김호식 교수의 연구실로 가느라 시현했던 투명마법 때문에 급속하게 떨어졌던 마나량이 어느 정도는 채워지고 있었다.

진혁은 재빨리 호텔방 전체를 스캔해보았다.

다행히 별다른 마법의 흔적이나 마법진은 없었다.

조성진이 앉아있는 거실 쪽에 강력한 마법기운하나뿐이었다.

'뭐하나 구경할까?'

진혁의 몸은 스르륵 사라지기 시작했다.

조성진은 예의 거실 소파에 앉아 무언가를 소중하다는 듯이 품에 안고 있었다.

'저게 뭐지?'

진혁은 조성진이 앉아있는 소파 뒤에 조용히 앉았다.

투명마법 덕분에 조성진은 전혀 눈치 채지 못하고 있었다.

'그나마 판테온보다는 낫군.'

판테온에서는 마법이 흔했다.

그러다보니 황궁은 물론이고 지위가 낮은 귀족들의 저택 안에도 온갖 마법이 걸려있었다.

마법을 감지하는 마법부터 시작해서 말이었다.

그런 점에서 조성진이 속한 조직은 자신들 외에 누군가 마법을 사용하리라고는 알지 못하는 듯했다.

현재까지 조성진에게 있는 마법이나 아티팩트들은 일종의 임무에 관련된 것들뿐이었기 때문이었다.

만약 그들이 마법을 사용하는 다른 존재들을 알았더라면 마법 감지 마법부터 자신들의 주변에 걸어놓았을 것이었다.

조성진의 몸에 금제까지 걸어놓는 자들이라면 당연하지 않겠는가.

어쨌든 진혁으로서는 다행이었다.

상대는, 정체를 모르는 미지의 조직이라고 해도 마법에 대한 조심성이 없다는 것은 확실했다.

아버지가 마법이 통하지 않는 몸이라는 것을 조성진의 조직에서도 안다.

조성진의 반응도 그렇고, 그간 아버지를 납치한 것이나 진명을 납치 시도한 것만 봐도 그들에게서는 진혁의 가족들이 특별한 존재인 것이었다.

'하긴 여기는 지구지.'

상식적으로 지구에서 마법사가 있다는 것조차 말이 안 되기 때문이었다.

그런 면에서 조성진이 속한 조직 자체가 상식을 어긋나기는 하는 셈이었다.

진혁, 자신을 예외로 치고 말이었다.

그사이 조성진은 품속에 들고 있던 황금빛 상자를 탁자 위에 조심스레 올려놓았다.

그는 더욱 조심스럽게 상자의 뚜껑을 열었다.

찰칵.

황금빛 상자에는 황금가루가 눈부시게 빛나고 있었다.

진혁은 그 광경을 조심스럽게 지켜보았다.

조성진이 검지를 들어 황금가루위에 무언가를 그려나갔다.

'마법진을 그리고 있군.'

진혁은 그것이 무엇인지 알아보았다.

일종의 통신마법진이었다.

'누군가와 소통하겠군.'

전화기를 사용하지 않고 통신마법진을 이용한다는 것은 그만큼 철저히 비밀을 유지하기 위해서일 것이었다.

'조직의 누군가겠지.'

진혁의 얼굴에 미소가 번졌다.

이윽고 조성진이 마법진을 막 다 그렸을 때였다.

놀라운 일이 벌어졌다.

상자에 들었던 황금가루가 그대로 허공으로 치솟았다.

황금가루들은 서로 붙고 떨어지기를 반복했다.

그러더니 어느새 입만 있는 사람의 얼굴 형상이 만들어졌다.

진혁은 혹시 몰라 자신의 흔적까지 지우는 마법을 덧붙여 시현했다.

조성진이 불러낸 눈앞의 저것은 보통 존재가 아니라는 느낌이 왔기 때문이었다.

입만 있는 얼굴임에도 불구하고 그것은 거실 전체, 아니 조성진이 머물고 있는 호텔방을 꿰뚫어보고 있는 것처럼 보였다.

그 압도감과 카리스마는 조성진의 태도만 보아도 충분히 알 수가 있었다.

그는 소파에 내려와 무릎을 공손하게 꿇고 있었다.

"말하게."

입만 있는 얼굴이 말했다.

"최한필 교수의 장남에 대해서 보고드릴게 있습니다."

조성진이 조심스레 말했다.

"나한테 그런 것을 보고하는데는 이유가 있겠지?"

"그렇습니다. 그 꼬마 녀석도 지 아버지를 닮아 마법공

격이 통하지를 않았습니다."

"그렇군."

"물론 아버지만큼 전부 마법을 무효화시키는 것은 아니었습니다."

"그래도 그 집 유전자가 확실하다는 소리군."

"그렇습니다."

"지금 데리고 있나?"

"블록아이스 마법을 담은 아티팩트가 꼬마에게는 통했습니다."

"며칠 감금했다가 놓아줘라."

"굳이… 저…."

"최한필 교수가 이번에 확실하게 협조하겠다고 말했다."

"둘째 아들 납치 협박이 효과가……."

조성진을 자신의 계획이었음을 강조하려다가 입만 있는 얼굴이 노려보는 것을 알고 말꼬리를 내렸다.

그 계획은 납치 실패였으니깐.

그래도 그 상황을 최한필 교수를 협박하는데 이용했다.

'그래도 면목은 섰네.'

조성진이 눈치를 보면서 말을 이었다.

"꼬마 녀석의 뒤처리에 신중을 기할 필요가 있습니다."

"그건 네놈 탓이지. 이번엔 확실하게 애 기억을 지워라.

마법진만 믿지 말고 다른 수단도 쓰란 말이다."

입만 있는 얼굴의 목소리는 차가웠다.

그 말엔 그동안 최한필 교수의 일을 복잡하게 만든 것에 대한 문책이 들어있었다.

"죄… 죄송합니다."

"이것으로 덮었다고 생각지는 마라."

"알고 있습니다."

조성진은 머리를 조아렸다.

"딱 하루다. 더는 시간이 없다."

"시키신 대로 내일 꼬마 녀석의 뒤처리를 마무리하고 합류하겠습니다."

조성진의 원래 예정대로라면 날이 밝은 데로 비행기를 타야 했기 때문이었다.

"벌써 제물을 바칠 시간이 지났다. 그만큼 우리의 손실도 크다는 것을 명심해라."

"알겠습니다. 속히 형제와 합류하겠습니다."

"네가 직접 타라."

"제가……?"

조성진이 살짝 떨리는 목소리로 말했다.

그도 미처 예상하지 못한 명령인 듯 했다.

"두려운가?"

"아… 아닙니다."

"너의 탈출마법진 위력을 스스로 확인할 수 있겠군."

입만 있는 얼굴이 조소하듯이 조성진에게 말했다.

그의 말투에서 조성진에 대한 문책이 역력했다.

최근 들어 그가 맡은 임무가 연달아 실패했기 때문이었다.

조성진으로서는 이번에 반드시 임무를 완수해야 했다.

"이번엔 확실하게 피를 원한다. 그리고 무엇보다 조직이 어떤 일이 있어도 절대 드러나서는 안 된다."

입만 있는 얼굴은 자신의 말에 힘을 주어 강조했다.

조성진도 충분히 아는 내용이었다.

"작전이 성공하기 전까지 연락할 생각은 꿈도 꾸지 마라."

그 말을 끝으로 입만 있는 얼굴은 스르륵 사라졌다.

투드드득.

황금가루가 그대로 상자 속으로 떨어졌다.

상자 속에 든 황금가루는 처음의 양보다는 절반은 줄어든 듯싶었다.

"고맙군."

조성진은 등 뒤에서 나는 소리에 뒤를 돌아보았다.

진혁이었다.

그가 자신을 향해서 웃고 있었다.

"제길, 언제 풀……."

조성진은 진혁의 몸이 순식간에 보이지 않는 것에 의아해할 사이도 없이 눈앞에서 섬광이 보였다.

풀썩.

그의 몸은 그대로 거실 바닥에 쓰러졌다.

'이것으로 이놈은 됐고…….'

진혁이 조성진을 힐끔 쳐다보고는 주위를 두리번거렸다.

조성진을 심문해서 정보를 얻을 게 없으니 다른 방법을 모색해야 했다.

이들은 무언가 크게 일을 꾸미고 있었기 때문이었다.

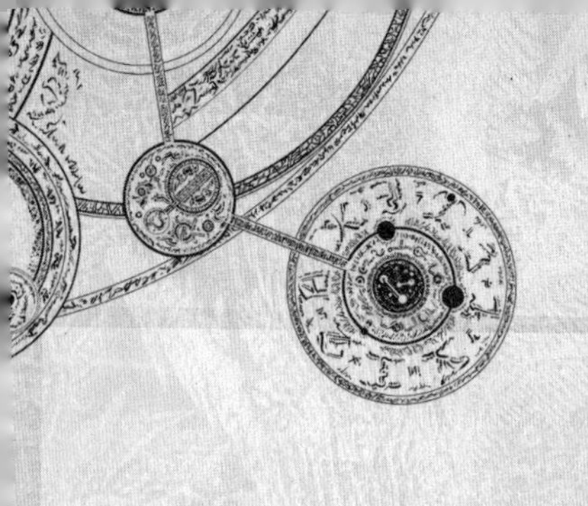

Return of the Meister

NEO MODERN FANTASY STORY

4. 베트남 항공 작전

4. 베트남 항공 작전

진혁은 박정원을 만났다.

“절 믿어주셔서 감사합니다.”

진혁은 박정원에게 꾸벅 인사를 했다.

얼마 전 진혁 혼자서 계룡산을 향했을 때 일을 말하는 것이었다.

비록 24시간 감시하지 않는다고 해도 최한필 교수 가족의 동태를 살피는 것은 박정원이 지휘하고 있는 대북수사팀의 일중 하나였다.

혹시라도 가족에게 접선이 올 수 있었기 때문이었다.

진혁은 계룡산에 가기 전 박정원에게 자신을 쫓아오지 말라고 부탁을 하고 갔었다.

'그럼에도 불구하고 감사 주차장까지는 요원이 비밀리에 쫓아왔었지.'

진혁은 알고 있었다.

하지만 그 이후 특별한 미행이 없었던 점에서는 다행으로 여겼다.

만약 그렇게 되었더라면 그가 계룡산에서 일주일간 흔적도 없이 사라진 것에 대해서 해명할 거리를 찾아야 했기 때문이었다.

"고맙다는 인사를 하자고 날 부른 것은 아니겠지?"

박정원이 웃어보였다.

그는 지금 몹시 바쁜 시간을 보내고 있었다.

최한필 교수의 행적을 북한에서 찾고 있었다. 하지만 좀처럼 교수의 행적은 오리무중이었다.

작전요청도 교수의 행적이 확인되어야 가능하다.

미국 CIA에서 조차 좀처럼 한국에 정보를 넘기지 않고 있었다.

더구나 자신의 부하요원들에 대한 안기부 자체 감사가 시작되었다.

그 역시 감사 대상에 올라있었다.

안기부 부장인 오재원이 자신을 아직 신뢰하고 있지 않았더라면 벌써 그 자리에서 쫓겨났을 게 뻔했다.

그만큼의 보은을 해야 하는 처지에 박정원은 몰려 있

었다.

그의 손으로 일일이 정보를 확인하느라 할 일은 더욱 쌓여져 갔고 시간은 그를 기다려 주지 않고 있었다.

그런데도 불구하고 진혁이 만나달라는 요청에 기꺼이 시간을 내주었다.

"김호진 교수에 대해서 우연하게도……."

진혁이 입을 열었다.

박정원은 유심히 그의 말을 경청했다.

진혁의 말을 종합해보면 이랬다.

잠이 안와서 한밤중에 관악산 주변을 산책하다가 서울대로 향했다.

그리고 평소 친한 김호진 교수의 연구실에 불이 켜져 있어서 방문하려다 우연히도 그의 조교인 조성진에게 교수가 고개를 조아리면서 지시를 받는 장면을 목격했다는 점이었다.

"전화 통화를 들었다고?"

박정원은 진혁이 대담한 행동을 했다고 여기는 듯 했다.

"베트남항공, 캄보디아 프놈펜, 피의 제물… 이런 단어들이 흘러나왔습니다."

"악마숭배집단인가."

박정원은 인상을 찌푸렸다.

세상은 넓고 미친놈들은 모래알처럼 수없이 많았다.

일반인들과는 달리 안기부에 오래 근무한 그는 세상의 별종들이란 별종들은 거의 다 만나보았다.

하지만 악마숭배집단이라고 해서 실제로 피의 제물이니 뭐니 해서 현실화시키는 자들은 없었다.

기껏해야 동물들을 도살하는 정도였다.

"처음엔 조성진이 혹시 정부비밀요원 아닌가. 생각했었거든요."

진혁이 짐짓 순진한 척을 했다.

박정원은 아무런 대꾸 없이 그의 말에 귀를 기울였다.

"주차장에서 재수좋게 그 전화를 듣지 못했더라면 전 완전히 속았을 뻔했어요."

"김호진 교수가 정부의 지원을 받아 연구는 하고 있지. 조성진이란 이름은 처음 들어보네."

"역시…."

진혁은 아이답게 자신이 큰일을 해낸 것처럼 의기양양한 표정을 지었다.

"잘했어. 하지만 또 그런 행동을 하면 혼내 줄 테다."

박정원이 손을 들어 진혁의 머리를 쓰다듬었다.

'아이고, 또.'

진혁은 아이취급당하는 것이 그리 좋지는 않았다.

하지만 지금은 최대한 의심을 피하면서 박정원의 도움을 얻어내야 했다.

"확인하실 거죠?"

진혁이 진심어린 표정을 지면서 물었다.

"김호진 교수같이 사회적인 지위가 높은 자가 조아린다면 무시할 수는 없겠지."

박정원이 진지하게 말했다.

지금 진혁의 말이 사실 그대로 라면 박정원은 자신의 앞에 놓인 거대한 벽을 뚫어내는 셈이 되었다.

최한필 교수와 친한 김호진 교수가 필시 납치사건에 연관이 돼 있을 것은 불 보듯이 뻔했다.

교수를 납치하고 피의 제물을 위해서 음모를 진행하고 있는 악마숭배집단이라면 그 규모가 어떤지 가히 상상이 갔다.

안기부 요원 둘까지 포섭되지 않았던가.

그놈들의 힘이 사회 어디까지 뻗어있는지 알 수 없었다. 혹시나 CIA측에서 정보조차 제대로 건네주지 않는 것이 그들도 연관이 있다면.

박정원은 고개를 흔들었다.

자신이 너무 앞서나간다는 생각이 들었다.

미국 CIA까지 움직이려면 그 조직이 전 세계를 장악하고 있다고 봐야한다.

그 정도의 힘을 가지고 있는 자가 월북을 가장해서 납치사건을 일으키는 등, 정황을 보아서는 그렇게까지 조직의 규모가 크다고는 볼 수 없었다.

게다가 피의 제물이라는 단어는 그다지 현실성이 없었다.

자신의 상황이 절박하다보니 진혁의 말을 믿고 싶은 충동이 잠시 일어난 것뿐이라고 박정원은 생각했다.

진혁이 아직 16살 밖에 되지 않았다는 사실이 새삼 떠올랐다.

진혁은 박정원이 자신의 말을 거의 신뢰하지 못하고 갈등하고 있다는 것을 눈치 챘다.

"그래도 조성진은 미행하실 거죠?"

"네가 어리다고 모든 정보를 무시할 생각은 없다."

박정원이 말했다.

지금은 오로지 진혁의 말뿐이었다.

그가 처음부터 진혁에게 끌리고 신뢰하는 것과는 이 문제는 별개였다.

너무 사안이 중요했기 때문이었다.

진혁의 말대로라면 이것은 엄청난 사건이 분명했다.

하지만 단순히 아이가 전화를 잘못 들은 거라면.

멀리서 김호진과 조성진의 관계를 잘못 이해한 것이라면.

그야말로 웃음거리가 되기 딱 좋았다.

박정원은 이 문제를 비밀리, 신중하게 처리하기로 마음먹었다.

"너는 이제부터 쓸데없는 행동하지 말고 학교 잘 다니

고 있어라."

"물론이죠. 저도 어젯밤에 얼마나 졸았는데요?"

진혁은 고개를 끄덕이면서 말했다.

◈

베트남의 국제공항 하노이.

박정원의 두 부하, 안기부 요원 장재덕과 손준하는 캄보디아로 출장을 떠나는 사업가로 분했다.

그들의 시선은 줄곧 공항 로비에 있는 대기석에 앉아있는 조성진에 향해 있었다.

정확히는 마법을 이용하여 조성진으로 분한 진혁이었다.

진혁은 조성진에게 마법을 시현해서 잠들게 했다.

조성진은 며칠 푹 잠들어있을 것이다.

그가 깨어날 때쯤이면 이 모든 일은 끝났을 게다.

진혁은 호텔방에서 조성진의 모든 물건을 뒤져보았다.

그가 찾은 거라곤 여권과 비행기 표 티켓, 베트남 항공호텔라운지 10 : 30 라고 쓰인 쪽지 한 장.

그리고 마법진이 새겨진 크리스탈로 만들어진 조그맣고 얇은 물건하나였다.

크리스탈에 새겨진 마법진의 수식이 복잡했다.

판테온에서는 볼 수 없던 수식이었다.

아마도 지구에 맞게 만들어진 마법진 같았다.

이것을 조성진이 만들었다면 그는 마법진에 관한 천재일 것이었다.

다행히 그 수식중 몇 개는 진혁도 알아보았다.

전기를 이용하는 수식이었다.

'이것만 있을게 아니겠지.'

입만 있는 얼굴과 조성진의 대화를 미루어보면 분명 이것 말고도 또 다른 것들이 저밖에 돌아다니고 있었다.

그러나 이것을 박정원에게 넘겨주기엔 증거로서 턱없이 부족했다.

진혁은 다른 방법을 고심했다.

일단 박정원을 만나 조성진에 대해서 이야기를 흘려 두었다.

이제부터 진혁은 이 단서들만 가지고 사건을 해결해야 했다.

이 단서들을 쫓아 어떤 일이 벌어지려는 것인지를 확인하고 그 일을 반드시 막아야 했다.

피의 제물.

분명히 인간을 제물로 바친다는 의미일 것이었다.

흑마법사들이 좋아하는 방법이었다.

조성진의 몸에 걸린 금제가 흑마법술인 점을 감안한다면 충분히 가능한 일이었다.

'이런 말을 박정원에게 할 수 없는 게 아쉽군.'

진혁은 몸이 아프다는 핑계를 대고 자신의 방에 가짜 자신의 몸을 일루젼마법을 이용하여 만들어놓았다.

진명이나 소희, 지혜는 학교를 등교했을 것이었다.

'슬슬 10시 30분이군.'

여권에서 나온 쪽지, 10 : 30은 시간을 의미할 것이라고 진혁은 이미 짐작했다.

베트남 하노이에서 캄보디아 프놈펜 방향의 베트남 항공편 티켓이 11시 10분 탑승하는 것으로 적혀있기 때문이었다.

조성진으로 분한 진혁은 일부러 시계를 보는 척하더니 자리에서 일어섰다.

그 광경을 그의 뒤에 있던 두 요원이 지켜보고 있었다.

그들은 시계를 보고 일어선 조성진의 모습에 누군가와 만나기로 했을지 모른다는 생각을 했다.

그들이 타고 갈 비행기가 뜨려면 아직 40여분 남아있었다.

조성진은 거침없이 2층에 있는 공항라운지로 들어갔다.

두 요원도 마찬가지였다.

두 요원, 장재덕과 손준하는 서류가방에서 서류를 꺼내 읽는 척하면서 조성진이 앉아있는 테이블 근처에 자리를 잡았다.

조성진으로 분한 진혁은 슬쩍 두 요원을 봤다.

박정원이 조사한 조성진의 최근 행적은 그야말로 깨끗했다. 의심 가는 거라곤 베트남 경유, 캄보디아로 가는 비행기티켓뿐이었다.

그나마 진혁 자신의 말을 무시하지 않고 만일을 대비해서 조성진에게 미행을 붙혀준 것에 대한 고마움이었다.

물론, 그 자신이 조성진인 척하고 있었지만 말이었다.

이제 그의 생각대로 접선만 제대로 이루어진다면 꼬리를 잡을 수 있을 것이다.

'반드시 막아야 할 텐데…….'

베트남인이 한명 공항라운지에서 들어왔다.

그는 조성진의 옆자리에 자리를 잡고 앉더니 곧 일어나 정수기 앞으로 갔다. 마치 물을 마시려고 하는 듯.

그리고는 아무 일도 없었다는 듯이 유유히 공항라운지를 나섰다.

진혁은 베트남인이 앉았던 자리에서 조그만 상자를 발견했다.

아마도 이것이 접선방법이었나 보다.

진혁이 그 상자를 집어 들자, 옆에 앉아있던 두 요원 중 하나가 급히 라운지를 나서는 것을 보았다.

아마도 베트남인을 미행하기 위해서인 듯하였다.

'별 소득이 없겠지.'

이미 진혁은 베트남인이 자신의 옆에 앉았을 때 그를 스캔해보았다.

진혁의 이맛살이 자연스럽게 찌푸려졌다.

그는 상자를 집어 들어 조심스럽게 열었다.

'단추모양의 기념품?'

이것으론 아무것도 알 수 없었다.

그는 품에서 가지고온 크리스탈을 꺼내어 두 물건을 서로 대보았다.

아무런 일도 일어나지 않았다.

'마법진 좋아하는 작자들이니깐…….'

진혁은 자신의 마나를 슬쩍 손에 쥔 물건에 흘렸다.

그러자 단추 모양의 기념품에서 불빛이 점화되는 게 아닌가.

그는 다시 한 번 두 물건끼리 서로 대보았다.

파팟.

갑자기 라운지를 밝히고 있던 전등이 꺼졌다.

공항라운지 내 모든 전기가 한 번에 다 나가버린 것이었다.

라운지내 사람들의 웅성 웅성거림이 들렸다.

진혁은 자신을 몰래 지켜보던 요원의 얼굴이 심각하게 변하는 것을 보고 회심의 미소를 지었다.

그리곤 이내 진혁은 두 물건을 다시 한 번 쳐다보았다.

만약 조성진이 이것을 들고 비행기를 탔다면.

그리고 장시간 이것을 서로 대고 있었더라면 비행기 안의 모든 전기는 교란될 게 뻔했다.

'비행기 추락을 노린 건인가?'

진혁은 모든 정황이 이해되었다.

하지만 이정도로는 충분하지가 않았다.

이런 식으로 비행기 추락이 되면 테러라고 사람들은 의심할게 뻔했다.

그렇게 되면 전 세계의 모든 테러단체에 대해서 집중 조사를 할 게 뻔했다.

그런데 겉보기엔 아무런 문제가 없는 물건들을 만들 정도의 테러단체가 몇이나 있을까?

그렇게 되면 상황은 불 보듯이 뻔했다.

마법에 대해서는 사람들이 모른다고 해도, 고도의 최첨단 무기를 가진 자들에 대한 정보를 집중적으로 세계 각국의 정보기관이 첩보전을 벌일게 뻔했다.

그들이 속한 조직이, 최소한 꼬리라도 밟힐게 뻔했다.

'그들은 드러나길 절대 원하지 않고 있는데…….'

진혁 자신의 손에 들린 두 물건은 기폭제 역할을 할 것이다.

하지만 이 외에 또 다른 물건들, 장비들이 존재할 게 뻔했다.

진혁은 슬슬 자리에서 일어나야겠다고 생각했다.

조성진이 언급했던 형제란 작자를 찾아야 했다.

상대는 형제라고 하는 조성진에게조차 모습을 드러내지 않고 대리인을 보내는 것으로 보아 상당히 치밀한 작자일 게 뻔했다.

쉽게 자신을 드러내지 않는 자이다.

그 작자가 이번 일을 전체적으로 총괄하고 있었다.

조성진 역시 중요한 역할을 하고 있어보였지만, 그것도 작전의 일부조각일 뿐이었다.

그 자가 눈치 채기 전에 사로잡아야 한다.

'분명 그들에겐 올해, 이것이 마지막이라고 했다.'

진혁은 그들이 쉽게 이 작전을 포기하지 않을 거라는 생각이 들었다.

'문제는 저들인데…….'

조성진으로 분한 진혁은 슬쩍 얼굴을 들었다.

손준하와 눈이 마주쳤다.

'저들이 너무 티내게 행동하면 안 되는데.'

진혁은 지금 두 가지 토끼를 다 잡아야 했다.

사고는 반드시 막아야 했고, 이 작전을 총괄하는 자를 사로잡아야 했다.

그가 눈치 채지 못하도록 말이었다.

조성진으로 분한 진혁은 손준하에게 싱긋 웃었다.

그가 일어서자 요원도 따라 탁자에 널린 서류를 정리하는 척 하더니 일어섰다.

라운지에서 나온 진혁은 비행기를 타러가면서 천천히 걸었다.

공항 전체를 스캔하기 위해서였다.

공항에 들어섰을 때부터 계속해서 확인하고 또 확인했다. 하지만 아직까지 별 소득은 없었다.

이 안에 마법진이나 마법물건 혹은 테러를 하기 위한 장치가 있다면 지금쯤 작동을 시작했을 것이다.

그랬다면 진혁, 그 자신도 마나의 움직임을 감지했을 것이다.

'그 작자도 있겠지.'

진혁은 초조했다.

공항 안에 별다른 이상조짐을 느낄 수가 없었기 때문이었다.

진혁은 자신을 따라왔던 두 요원이 이미 베트남 항공보안요원과 경찰에게 도움을 청한 것을 알고 있었다. 이제 곧 검색이 시작될 것이다.

'이것만으로는 어려운데…….'

예상대로 캄보디아 프놈펜행 비행기를 타려는 승객들에 대해서만 특별검색이 시작되었다.

그때 진혁의 눈에 자신에게 단추모양의 물건을 건네주

었던 베트남인이 들어왔다.

'저자도 탑승한다고?'

진혁은 승객들 한 사람 한 사람에 대해서 집중하기 시작했다. 70여명의 승객들 중 한국인이 절반이 넘었다.

그는 승객들 중 아까 본 베트남인 말고도 수상한 베트남인 3명을 더 발견했다.

진혁의 눈이 빛났다.

'저 자들이 나머지 퍼즐 조각을 갖고 있다.'

하지만 이미 그들은 검색대를 통과해서 유유히 비행기와 연결된 통로를 건너 안으로 들어가고 있었다.

'제길.'

두 요원의 연락을 사전에 받은 베트남측은 승객들 중 진혁에게는 더 까다로운 검색을 시작했다.

조성진이 가지고 있는 물건은 어차피 지금은 진혁이 마나를 흘리지 않는다면 작동할 수 없다.

'저들이 무엇을 갖고 있는지 확인해야 하는데.'

진혁은 초조하게 항공보안요원들을 바라보았다.

그들은 자신에게 압수한 단추모양의 물건과 크리스탈을 들고 뭔가 계속해서 시도하고 있었다.

아마도 라운지에 있던 요원이 사전에 귀띔을 한 듯 싶었다.

다행히, 항공보안요원들과 경찰들은 조성진의 물건이

단순 기념품이라 여기는 듯 싶었다.

덕분에 진혁은 제 시간에 아슬아슬하게 캄보디아 프놈펜행인 베트남 항공기에 몸을 실었다.

비행기는 맑은 날씨덕에 순항을 했다.

그사이 진혁은 함께 탑승한 4명의 베트남인들을 차례차례 확인해보았다. 물론 화장실을 가는 것처럼 그들의 의심을 사지 않은 채 말이었다.

혹시나 이들 중에 그 자가 있을 수 있었기 때문이었다.

4명의 베트남인들은 마치 동서남북을 상징하는 4방향으로 각기 떨어져 앉아있었다.

그러나 그들 4명에게서 아무런 조짐도 보이지 않았다.

그들 모두가 한결같이 왼쪽에 손목시계를 차고 있다는 것만 빼면 말이었다.

그리고 그들은 손목시계를 가끔씩 쳐다보곤 했다.

'시간 약속이 정해져 있군. 조성진도 그건 알텐데.'

진혁은 다급했다.

공항라운지에서 봤던 베트남인뿐 아니라 나머지 3명의 베트남인에게서도 아무것도 알아내지 못했기 때문이었다.

그들 몸에 그 어떤 사술의 흔적도 보이지 않았다.

심지어 조성진의 몸에 보였던 흑마법의 일종인 금제조차 없었다.

모든 정황은 이들이 그저 단순한 심부름꾼이라는 것을 말하고 있었다.

진혁은 그들의 품속에 있는 거울을 스캔해보았다.

거울 뚜껑에 새겨진 무늬엔 용이 새겨져 있었다.

'용의 눈이.'

진혁은 용의 눈에 그려져 붉은 눈알, 그 붉은 색이 마력이 깃든 마법사의 피라는 것을 알고는 경악했다.

지구에 마법사가 존재했다.

단순히 마법진 이상이었다.

물론 조성진을 상대하면서 마법사가 있을지 모른다는 짐작은 했다.

입만 있는 얼굴의 경우, 통신마법진으로 가능한 마법에 속했기 때문에 완전히 확신하지는 못했다.

흑마법을 숭배하는 지구의 악마숭배집단이 마법진을 공부해서 벌이는 짓일 경우도 진혁은 염두에 두고 있었다.

지구에 마법사가 존재한다는 것은 있을 수 없으니깐.

'나만 예외일 거란 생각을 했군.'

조성진이 속한 조직에서 자신들 외에 지구상에 마법사가 있을 것이라는 것을 간과한 것과 마찬가지로 말이었다.

진혁은 조성진의 말속에서 아버지 최한필 교수가 마법이 통하지 않는 자라는 것에 그들 조직은 상당한 의미를 두고 있다는 느낌을 받었었기 때문이었다.

진혁 자신도 자신과 같은 진짜 마법사가 지구에 존재할 것이라는 것은 은연중에 간과하고 있었던 셈이었다.

'캄보디아에 있다는 건가?'

베트남공항과 비행기에 탑승하지 않았다면 캄보디아 공항 어딘가에서 이 작전을 총괄한 자가 있을 것이다.

진혁은 머리가 지끈 아파져왔다.

당장 눈앞의 저 무기들과 자신이 가지고 있는 무기들이 일으키는 연쇄반응부터 막아야겠다고 결론을 내렸다.

그러나 베트남인이 가지고 있는 거울 역시 그 자신과 마찬가지로 지극히 평범했다.

'마법사의 피때문이겠지.'

진혁의 머릿속은 빠른 속도로 회전되고 있었다.

일단 정황상, 최첨단 무기로 추정되는 이것들은 완전하지 않다는 결론을 내렸다.

마력이 깃든 피나, 조성진이 만든 크리스탈 마법진이 없다면 애초 공항 검색대를 통과하기 어려울 것이 뻔했다.

그리고 물건의 종류가 여러 개라는 점을 봐서도 알 수가 있었다.

각각의 물건은 초소형화 되어서 그 위력이 현저하게 낮아보였다.

게다가 마법사의 피로 만든 주술 역시 마법사의 힘이 크지 않다는 것을 의미했다.

어떤 면에서는 다행일 수밖에 없었다.

'이걸 다행으로 여겨야 하나?'

진혁은 쓴 미소를 지었다.

어쨌거나 자신이 조성진을 습격하지 않았더라면 작전은 진행됐을 것이다.

아무것도 모르는 베트남과 캄보디아 당국은 비행기가 추락후 갑작스런 날씨에 의해서 번개에 맞은 것이 사고원인으로 볼 것이 뻔했다.

'이들이 피의 제물인가?'

진혁은 비행기내의 승객들을 돌아보았다.

자신을 포함해서 대략 70여명쯤 타고 있었다.

승객들 대부분은 관광객들이었다.

진혁의 눈에 3명의 아이들이 들어왔다.

진혁은 치가 떨렸다.

자신들의 목적을 위해서 아무렇지 않게 대량으로 사람을 죽이려는 자들에 대한 분노가 떠올랐다.

그는 얼마 전 대한항공 보잉 707기의 사건도 겪지 않았던가.

북한이나 이 작자들이나.

사람을 사람으로 보지 않는 악마들이었다.

곧 프놈펜 국제공항에 착륙을 합니다. 승객여러분께서는 안전벨트를…….

승무원의 안내소리가 스피커에서 흘러나왔다.

어느새 베트남에서 캄보디아로 다 온 것이었다.

진혁은 그 순간 베트남인들이 일제히 품에서 거울을 꺼내는 것이 보였다.

거울의 표면에서 불빛이 반짝이고 있었다.

용의 눈알이 어느새 하얗게 변해있었다.

마법사의 피가 제거된 것이었다.

그때였다.

번쩍.

쿠콰쾅쾅.

갑작스럽게 기상이 변했다.

요란한 번개와 함께 천둥이 치기 시작했다.

진혁은 마찬가지로 자신의 품안에 있던 단추에서 불이 들어온 것을 깨달았다.

'이게 약속한 시간이군.'

조성진으로 분한 진혁은 물건을 꺼낸 뒤 주위를 둘러보았다.

이는 두 요원의 관심을 끌기 위한 행동이었다. 그들의 눈에는 조성진이 조심스럽게 주위를 살피는 것처럼 보일 것이었다.

진혁은 일부러 안심하는 표정을 지었다.

하지만 그도 알고 있었다.

두 요원이 자신을 지켜보고 있다는 것을 말이었다.

진혁은 상자를 천천히 열었다.

상자 안의 단추가 반짝 거렸다.

불빛이 점화됐다.

갑작스런 기상 악화로…….

스피커에서는 승무원의 목소리가 흘러나오고 있었다.

조성진으로 분한 진혁이 양손에 든 두 물건을 일부러 천천히 갖다 대려는 시늉을 했다.

물론 물체에 갖다 대는 손은 몹시 부들부들 떨고 있는 것처럼 연출했다.

두 요원에게 자신을 공격하기 위한 시간을 주려고 말이었다.

"꼼짝 마!"

조성진의 건너편에 앉아있던 한 요원이 벌떡 일어나 소리쳤다.

그를 본 조성진으로 분한 진혁이 새하얗게 질린 채 두 손을 움직이려는 동작을 취했다.

하지만 그 뒤에 있던 다른 요원이 이미 조성진의 목을 휘감고는 그의 상체를 올렸다.

'마법진은 제거해두었고…….'

진혁은 속으로 회심의 미소를 띠었다.

커컥, 컥.

요원에 의해서 목을 짓눌린 진혁은 몹시 괴로운 척하더니 이내 팔을 떨구었다.

그 와중에 진혁은 요원이 무전기에 대고 말하는 소리를 똑똑히 들었다.

"체포하시죠."

이미 베트남인들 사이사이에서 대기하고 있던 사복차림의 경찰들이 그들을 순식간에 체포했다.

공항라운지에서 베트남인을 쫓아갔던 요원이 일처리를 잘한 셈이었다.

'박정원이 부하들 훈련은 잘 시켰군.'

기절한 척 누워있는 진혁은 속으로 미소를 지었다.

이미 베트남인들을 스캔할 때부터 사복경찰들이 배치되어있다는 것을 그도 알고 있었다.

번쩍.

우르르릉 콰쾅쾅.

번개와 천둥치는 소리는 아직 요란하게 났다.

하지만 비행기의 착륙을 막을 정도는 아니었다.

베트남 항공기는 악천후에 잠시 숨을 고른 후 천천히 미끄러지듯이 활주로에 착륙했다.

그때 누군가의 고함소리가 났다.

"날이 맑아졌다!"

모두가 창밖을 보았다.

◈

조성진은 요원들에 의해서 한국으로 바로 압송되었다. 베트남 측에서 양보를 한 셈이었다.

한국으로 돌아온 진혁은 원래의 조성진과 자신을 바꿔치기 했다.

진혁이 숨겨둔 조성진은 이미 죽어있었다.

베트남 항공기에서 조성진이 체포된 것으로 확인되었을 때 진짜 조성진의 몸에 걸린 금제가 작동되었기 때문이었다.

외부로 정보를 발설하지 못하게 되어있는 것 외에도 죽음이라는 금제가 걸려있었다.

조성진뿐이 아니었다.

진혁이 한국에 돌아가 조성진의 시체를 자신과 바꿔치기 한 후 제일 먼저 달려간 곳은 김호식 교수의 연구실이었다.

이미 김호식 교수는 죽어있었다.

겉보기에는 사인이 자살이었다.

유서도 있었다.

유서에는 북한이 보낸 조성진의 협박으로 자신이 어쩔 수 없이 최한필 교수의 납북을 도왔다고 쓰여 있다.

'잔인한 놈들.'

진혁은 치를 떨었다.

김호식 교수가 자살하지 않았다는 것은 그도 알고 있었다.

그들에 의해서 죽임을 당한 것이었다.

'김호식의 입을 막기 위해서겠지.'

진혁은 자신이 상대하는 조직이 어떤 자들인지 이번 사건을 통해서 어느 정도 파악했다.

진혁은 자신의 방으로 돌아와 사전에 환상마법으로 만들어놓았던 가짜 진혁을 없앴다.

곧 베트남 항공기에 대한 테러 시도가 뉴스에 흘러나올 것이었다.

'나쁜 놈.'

조성진이 입고 갈 옷속에는 탈출 마법진이 그려진 아티팩트가 하나 있었다.

즉, 기후를 조작한 상태서 그 자신은 마법진을 이용해서 빠져나가려는 수작이었다.

'그리고는 추락에 살아난 것으로 행세하려고 했겠지.'

진혁은 조성진이나 그가 몸담고 있는 악마숭배집단에 치를 떨었다.

어쨌거나 박정원뿐만 아니라 세계의 비밀기관들은 이번 일로 자신들의 기계로 확인할 수 없는 최첨단 장비가 있다는 것을 알게 되겠지.

진혁은 박정원의 입장이 안기부에서 회복되었다는 것을 위로감으로 삼았다.

그가 몇 번이나 진혁에게 고맙다는 인사를 건네지 않았던가.

벌컥.

"오빠, 가부좌 풀었네?"

소희였다.

그 뒤로 지혜가 서있었다.

"도대체 학교도 가지 않고 아프다는 사람이 집에서 가부좌만 틀고 있는 거야?"

"좀 생각하느라."

진혁이 미소를 지었다.

"난 오빠에게 식사 갖다 주려고 했다."

소희가 웃으면서 지혜를 가리켰다.

"근데 얘가 그냥 오빠 내버려두라고 해서 내버려뒀어. 배고프면 얘를 원망해."

소희는 깔깔거리면서 말했다.

"앞으로도 내가 가부좌 틀고 있을 땐 건드리지 말아줄래?"

진혁이 소희의 머리를 쓰다듬으면서 말했다.

"응, 오빠가 시키는 대로 할게."

소희가 해맑게 웃으며 대답했다.

그때 지혜가 말했다.

"거봐, 내말 맞지? 오빠는 저럴 때 건드리는 것 싫어한다고."

"그래, 네 말이 이번엔 맞았다."

소희가 지혜의 말에 맞장구를 쳤다.

둘 사이가 제법 좋아 보였다.

진혁은 그 광경을 흐뭇하게 쳐다보았다.

"오빠, 배고프지? 내가 밥 갖다 줄게."

소희는 오빠에게 칭찬을 더 받고 싶어서인지 후다닥 부엌 쪽으로 향했다.

"오빠, 나한테 고마워해야 하는 거 알지?"

지혜가 진혁의 얼굴 쪽으로 자신이 얼굴을 바짝 디밀었다.

지혜의 얼굴에 묘한 표정과 함께 호기심이 잔뜩 떠올라 있었다.

'사건 하나에 혹을 하나 달았군.'

진혁은 속으로 그렇게 생각했다.

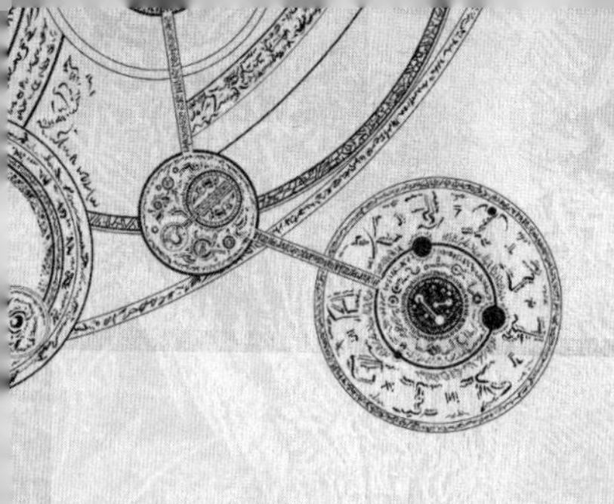

Return of the Meister

NEO MODERN FANTASY STORY

5. 시작이다

5. 시작이다

청와대 대통령 주재 회의실에는 침묵만이 감돌고 있었다.

오늘 이 회의는 대통령과 대통령의 최측근들만이 모인 자리였다.

"보고하게."

김영민 대통령의 말에 오재원 안기부 부장이 침통한 표정을 지으며 입을 열었다.

"그간 베트남 항공 테러 시도 사건에 대해서 중간보고를 말씀드리겠습니다. 이 테러사건의 핵심인물로 보였던 조성진은 한국으로 압송 후 원인불명 사망, 관련인물로 지목된 김호식 교수, 임정재 박사가 유서에 조성진의 협박을 받았다는 글을 남긴 채 자살을 했습니다. 4명의 베트남인들은 서로가 아는 사이로 그중 한 사람이 신분을 알 수 없는 사람에게 거액의 돈을 받고 그의 지시를 따른 것으로 주장하고 있습니다."

"그건 아는 사실이고 무기들은?"

이미 관련인물들의 동향은 사전보고 받았던 김영민 대통령은 자신이 모르는 일을 알기를 원했다.

"기후를 조작했을 것으로 보이는 장비들은 현대의 기술로도 충분한 것으로 보고 있습니다. 문제는 이 장비들을 초소형 화했다는 점과 이보다 더 주목할 점은 이 장비들이 공항 검색대뿐만 아니라 정밀탐지기에도 드러나지 않았다는 점입니다."

오재원 안기부 부장은 마른 침을 삼켰다.

이제부터 나오는 보고들은 대통령의 심기를 불편하게 할 게 뻔했다.

"그 장비들이 지금은 작동불량 상태만으로도 탐지기나 검색대에 드러나고 있습니다. 이는 테러시도 당일에 또 다른 장비가 공항내 설치되어있었을 것으로 추정되는 바입니다."

"추정?"

아니나 다를까.

김영민 대통령의 심기가 안 좋아보였다.

"죄송합니다. 각하. 조사를 하는 데는 시간이 다소 걸릴 것으로 보고 있습니다. 최대한 과학자들과 기술자들을 동원해서 조사를 빠른 시일 내로 마치겠습니다."

"미국 측에서도 그 무기에 관심을 보여. 하루속히 알아 놔."

"알겠습니다. 그리고…."

"뭔데?"

"현재로서는 추정이지만 최한필 교수를 납치한 것도 이 무기와 관련 있지 않을까 여기고 있습니다. 조성진의 사주를 받아 김호식 교수……."

오재원 안기부 부장은 벌써 지루한 표정이 떠오르는 대통령의 안색을 조심스럽게 살피며 계속 말을 이어갔다.

"배후로서 북한이 가장 유력하긴 하나, 그 외 제3국이 북한을 도왔을 것으로 봅니다."

"그래, 더 자세히 알아봐."

김영민 대통령의 말에 오재원 안기부 부장은 굳은 얼굴로 보고를 끝내야 했다.

"참, 자네 부하에게 최초 정보를 제공한 자가 어린애라며?"

"최한필 교수의 아들입니다. 조성진과는 이미 안면이 있는 사이로 우연하게 전화통화를 엿듣게 되었다고 합니다."

"그래서 자네 부하는 그 아이 말을 믿고 요원을 붙였다?"

"최한필 교수의 일로 제 부하가 그 아이에 대해서 신뢰성을 가지고 있었습니다. 그래서 두 요원을 붙여……."

"잘했어. 아이의 말이라도 귀를 기울이는 태도가 중요한 거지. 문민정부가 별게 아니야. 국민들의 사소한 말이라도 무시하지 말고 그렇게 일 처리를 해야지."

평소 자신을 문민대통령이라고 칭하는 김영민 대통령은 흡족한 미소를 지었다.

"그 애에게 상 줘야지. 포상금도 준비하고. 자네 부하도 좀 챙기고."

"준비하겠습니다. 대통령 각하."

"부총리, 보고할 게 있다면서."

대통령은 오재원 안기부 부장의 대답도 채 듣지 않고 어느새 부총리에게 시선이 가있었다. 안기부 부장은 뻘쭘한 채로 자리에 착석했다.

대통령의 말에 강만철 부총리는 입을 뗐다.

"기린그룹이 내일 화의 신청을 할 예정입니다. 그리고 삼일그룹 쪽은 아무래도 회생불가로 보입니다."

"흠."

김영민 대통령이 팔짱을 끼었다.

"무디스 쪽이 방한하겠다는 연락이 왔습니다."

"지네들이 뭐라고."

"죄송합니다."

대통령의 짜증 섞인 말에 강만철 부총리는 연신 머리를 조아렸다. 하지만 그는 아직 보고를 다 끝낸 게 아니었다.

"또 할 말 있어?"

불편한 대통령의 심기가 그 한마디에 그대로 드러나 있었다.

"진생그룹도 곧 법정관리를 신청할 것……."

"니들!"

김영민 대통령이 회의실에 있는 최측근들에게 화를 버럭 냈다.

"작년 말에 뭐라고 했어? 뭐, 사상최고치를 경신한 수출 어쩌고 하지 않았어! 그런데 이게 뭐냐! 줄줄이 기업들이 왜 이러는 거냐고."

"……."

강만철 부총리 뿐 아니라 다른 장관들조차 대답을 하지 못했다.

◈

진혁은 CD기(현금자동인출기)앞에 서있었다.

한 손에는 현금카드를 들고 말이었다.

드르륵 드르륵.

기기 안에서 통장을 정리하는 경쾌한 소리가 나더니 이내 통장을 뱉어냈다.

진혁은 통장에 찍힌 숫자를 유심히 쳐다보았다.

50,000,000원.

정부에서 포상금을 그에게 지급한 것이었다.

'생각보다 많이 줬네.'

진혁은 박정원의 전화통화가 생각났다.

안기부측에서 대외적으로 조성진의 수상한 움직임을 포착해서 조사를 하게 된 것으로 알려져 있단다.

그 때문에 베트남 정부나 베트남 항공사측에선 진혁의 존재를 알지 못한다고 했다.

만약, 그들이 알았더라면 한국 정부 측에서 보상하는 것보다 더 보상을 받을 수 있었을 거라고 말해주었다.

하지만 진혁으로선 자신에 대해서 아는 사람들이 더 적으면 적을수록 좋을 것이라고 판단을 내렸다.

할 수만 있다면 그 자신이 박정원에게 최초 정보를 준 것으로 된 기록까지 없애고 싶었다.

하지만 조성진으로 분해서 베트남을 다녀오는 동안 이미 박정원이 윗선에 자신에 대해서 보고를 해버린 것이었다.

진혁은 괜히 박정원에게 그 일을 갖고 탓하지 않았다.

박정원의 괜한 의심만 불러일으킬 뿐이었다.

'이 선에서 만족하자.'

진혁은 손에 들고 있던 현금카드를 CD기 속으로 집어 들었다.

'오늘 모처럼 소고기 파티다.'

진혁은 집으로 가는 길에 정육점을 들러 한우를 샀다.

벌써부터 좋아할 동생들 생각에 진혁 그 자신도 기분이 무척 좋았다.

찰칵.

소희가 제일 먼저 뛰어나와 문을 열어주었다.

"오빠, 손에 든 게 뭐야?"

"소고기!"

"와~!"

소희가 어린애답게 환호성을 질렀다.

어머니 장혜자가 이어서 뒤따라 나오셨다.

"웬 돈이니?"

"어젯밤 말씀드린 대로 포상금이 나왔습니다."

"포상금? 아… 신고."

장혜자의 얼굴에서 문득 쓸쓸한 빛이 스쳐지나갔다.

'어머니도 복잡하시겠지.'

진혁은 그런 어머니의 마음을 이해했다.

장혜자는 이내 아들 진혁을 향해서 미소를 지었다. 괜한 걱정을 끼치고 싶지 않았기 때문이었다.

"꽤 나왔나보구나."

"오천만원입니다."

"무슨 포상금이 그렇게 많니?"

장혜자는 고개를 갸웃 거렸다.

"상황이 심각했었나봅니다. 대통령께서 내용을 보고받으시고는 절 아주 칭찬하셨다고 전해 들었습니다."

"네가 대단한 일을 해냈지."

장혜자의 말속에는 아들에 대한 자랑스러움이 배여 있었다.

하지만 그녀는 진혁의 손에 든 소고기는 그다지 탐탁지 않은 듯싶었다.

"아직 추석음식도 남았는데……."

"이런 날은 남은 음식 먹기보다는 우리끼리 자축이라도 해야죠."

"그래도 아직 냉장고에 네 외할머니가 주신 불고기가 많이 남아있는데……."

장혜자는 말은 그렇게 하면서도 아들 진혁을 무척 기특한 표정으로 바라보셨다.

"이건 로스로 구워먹을 거에요."

진혁이 소고기가 든 비닐봉지를 들어보며 말했다.

"어머니는 거실에 앉아만 계십시오."

"아이고, 아들. 내가 할게."

"아니에요. 제가 직접 차려드리겠습니다."

진혁은 강제로 어머니를 거실에 앉히고는 부엌으로 향했다.

그가 그러는 데는 이유가 있었다.

어머니 장혜자는 요즘 김호식 교수의 일로 무척 속상해하셨다.

남편의 친구로서 믿고 의지했던 김호식 교수가 정작 자신의 남편을 배신했다는 점은 큰 절망감을 불러왔다.

하지만 김호식 교수가 그 점 때문에 괴로워하면서 자살을 했다는 유서는 그녀를 슬픔에 빠지게 했다.

특히 김호식 교수의 아내, 이해수와는 둘도 없는 친구사이였다.

남편끼리 친하다보니 자주 어울리게 되었고, 그러다보니 자연스레 절친이 된 사이였다.

졸지에 미망인이 된 이해수를 보면 안타깝기 이를 데가 없었다.

장혜자의 입장에서는 원망과 동정이 동전의 양면처럼 복잡하게 존재했다.

'어머니는 이럴 수도 저럴 수도 없겠지.'

만약 다른 일로 김호식 교수가 돌아가셨다면 어머니는 친구 이해수 곁에서 떨어지지 않고 위로해주고 계셨을 것이다.

하지만 지금은 이해수를 만나러 가는 것도 쉽지 않았다. 어머니는 어머니대로, 이해수라는 분은 그분대로.

'세상이 참 복잡하다.'

인간은 감정과 상황의 동물이다.

바로 그 감정과 상황이 서로 얽히고설키다 보면 인간은 꼼짝도 할 수 없는 밧줄에 감기는 셈이다.

진혁은 어머니와 이해수가 서로의 빈자리를 많이 느끼고 있을 거라고 짐작하고 있었다.

'어머니에게 신경을 더 써드려야겠다.'

진혁은 거실 벽에 기대어 계신 어머니 장혜자를 힐끔 쳐다봤다.

아직 마흔도 채 안되셨는데 어머니의 이마에 주름살이 생긴 것이 보았다.

요 근래 마음고생이 심한 탓이리라.

"오빠, 너무 맛나다."

소희가 큰 고깃덩이를 입안에 넣고는 오물오물 거리면서 말했다.

"나도 이거 맛있다. 자주 사줘라."

지혜도 옆에서 거들었다.

"지혜 말이 맞다. 자주 사줘라."

진명이 지혜의 말에 맞장구를 친다.

지혜가 하는 말이면 무조건 맞장구부터 치는 진명이었다.

진혁은 그런 동생들을 사랑스러운 눈빛으로 쳐다가 어머니 장혜자를 보았다.

장혜자는 자식들이 많이 먹을 수 있도록 고기에는 거의 손을 대고 계시지 않았다.

"어머니, 이거 한번 잡숴 보십시오."

진혁이 고기 한 점을 집어 어머니의 입안으로 넣었다.

"고기즙이 끝내주는구나."

장혜자가 고개를 끄덕이었다.

"많이 드십시오. 모자라면 제가 나가서 또 사오겠습니다."

"돈 아껴야 한다면서."

장혜자는 말은 그렇게 하면서도 싱글벙글 이셨다.

"앞으로 이런 파티 자주 가질 수 있도록 노력하겠습니다."

"학생이 무슨 돈이 있다고."

"학생이라고 돈 벌지 말란 법은 없잖습니까?"

"그렇긴 하지. 그래도 공부해야지."

장혜자가 슬쩍 진혁의 얼굴을 쳐다보았다.

"공부도 같이 하면서요."

"말만 그렇게 하지 말고 성적표라도 보여주던지."

장혜자가 손을 내밀었다.

그제야 진혁은 추석 전에 중간고사를 보았던 것이 기억

났다.

워낙 학교일에 무심하다보니 중간고사를 보고도, 성적표가 나오고도 전혀 신경 쓰고 있지 않았던 것이다.

"아, 잠시 기다립시오."

진혁은 서둘러 방에 들어가 가방 속에 처넣었던 성적표를 들고 나왔다.

"아들 된 도리로 성적표를 보여드려야 하는데 잊고 지냈습니다."

그는 정중하게 두 손으로 장혜자에게 성적표를 내밀었다.

장혜자는 진혁이 내민 성적표를 받아들었다.

그녀가 성적표를 열어보더니 눈이 휘둥그레졌다.

"아들, 이게 사실이야?"

"엄마, 왜 그래?"

"뭔데?"

소희와 진명이 동시에 고기를 먹다말고 어머니 장혜자 주변으로 몰려들었다.

"전교 1등! 이거 우리 오빠 성적표 맞아?"

소희가 비명에 가깝게 말을 쏟아냈다.

"전 과목 만점이래."

진명이 성적표와 진혁을 번갈아 쳐다보았다.

어머니 장혜자의 눈에서 눈물이 어느새 주르륵 흘러내리고 있었다.

지혜도 옆에서 박수를 쳐주었다.

"어떻게……."

장혜자는 감격해서 말을 잇지 못했다.

지나간 세월이 주마등처럼 흘러갔기 때문이었다.

둘째 진명이야, 이런 성적표가 아주 흔하다.

아니, 오히려 너무 흔해서 월반이라는 명분으로 나이에 맞지 않는 학년을 다니게 됐다.

그로 인해 한참 예민할 나이대의 아이들과 잘 지내지 못했다. 그러다보니 집에 들어올 때면 항상 우울해 했다.

요즘 진혁과 지혜 덕분에 학교생활이 재밌다면서 늘 웃고 들어오는 진명이었다.

그런데 진명만 학교생활이 달라진 게 아니었다.

진혁 때문에 학교로 불려가는 게 일쑤였던 그녀였다.

아버지와 진명 사이에서 진혁의 열등감이 깊어져 가고 있었기 때문이었다.

그 스트레스를 싸움으로 푼다는 것을 잘 알고 있었다.

공부하라는 소리는 아예 꺼낼 수도 없었다.

그러나 요즘 진혁의 태도가 전혀 달라졌다.

그녀 자신이 의지해도 될 만큼 어른스러워졌다. 도저히 16살이라고 믿겨지지 않을 만큼 생각도 깊어지고 말이었다.

학교에서 동생들을 잘 챙겨 등하교 해주는 것만으로도 장혜자는 진혁에게 고마울 따름이었다.

아무리 지혜가 깊고 생각이 깊어도 성적이라는 게 한순간에 바뀔 리가 없기 때문이었다.

게다가 집에서 공부하는 모습을 전혀 본적도 없었다.

애초에 진혁의 모습이 바뀌었다고 해서 성적마저 바뀔 거라는 기대는 전혀 안했던 장혜자였다.

그런데.

이렇게 전교 1등을 했다.

진혁의 태도만 달라진 게 아니다. 공부에 대한 열정도 살아난 것이었다.

장혜자는 너무도 기뻤다.

아버지와 진명의 IQ보다 한참 떨어진다고 해도 웬만한 사람들보다 높은 IQ를 가지고 있는 진혁이었다.

마음만 먹는다면 얼마든지 전교 1등은 가능하다고 믿고 있었던 그녀였다.

아들에 대한 믿음과 확신, 오랜 기다림이 이렇게 오늘 보상을 받은 셈이었다.

"성적표 그만 쳐다보시고 이거 한 점 드셔 보십시오."

진혁은 상추에 깻잎을 얹고 그 위에 고기 한 점을 얹혀 쌌다.

그리곤 어머니 장혜자에게 내밀었다.

"아이고, 맛있다. 맛있어. 이 성적표를 보면서 먹으니 더욱 맛있구나."

장혜자가 흘러내린 눈물을 닦으면서 웃으셨다.

"오빠, 최고!"

소희가 엄지손가락을 쳐 내밀었다.

"이제 먹자."

진혁은 가족들의 관심이 너무 성적표에 쏠린 게 부담스러웠다.

'과거엔 왜 공부를 안했을까.'

스스로 자신에 대한 후회 감마저 일어났다.

하지만 지금은 후회만 하고 있을 때가 아니었다.

"고기는 제가 굽니다."

진혁은 어느새 어머니 손에 들린 가위와 집게를 뺏으면서 말했다.

"그래그래, 오늘은 내가 호강한번 받아보자."

장혜자는 밝게 웃으면서 진혁이 직접 불판에서 구워 주는 고기를 젓가락으로 집어 들었다.

그때, 진명이 무언가 생각났다는 듯이 말했다.

"형, 오늘 새벽에 운석우가 쏟아진 거 알지?"

"운석이라도 떨어졌냐?"

"어, 좀 전에 뉴스 나왔는데 태백산 쪽에서 운석이 발견됐데."

"운석이?"

진혁이 재차 질문을 던졌다.

옆에 있던 소희가 끼어들었다.

"오빠, 운석이란 게 우주공간에서 온 암석이라는 거지?"

"우리 소희 똑똑한데."

진혁이 흐뭇한 미소를 지었다.

"소행성이 아슬아슬하게 지구를 지나갔다며."

지혜도 지지, 않고 한마디 했다.

"어떻게 운석을 발견했데?"

진혁이 운석에 관심을 보였다.

"그 사람들 단풍놀이 나왔다가 죽을 뻔 했데."

또 소희가 먼저 질문에 엉뚱한 대답부터 했다.

셋이 아는 내용인 것을 보니 다 같이 그 뉴스를 보고 있었나 보다.

소희, 진명, 지혜는 마치 병아리처럼 자신들이 먼저 운석에 대해서 얘기하려고 쫑알거렸다.

탁.

"하늘에서 뭔가 휘리릭 꽝! 이랬데."

소희가 두 손을 마주쳤다.

"어쨌든 그 사람들, 무슨 산악회라는데… 암튼 지금 대난리래. 그 운석이 어마어마한 가치가 있을 거라고 하네. 최초 발견해서 주운 자가 무조건 임자래."

진명이 옆에서 조금 더 설명을 해주었다.

"그런데 운석이 떨어져 죽을 뻔했던 사람과 운석을 발견한 사람이 다르데. 전부 산악회 사람이라는데….”

“나도 알아. 그 사람들이 그래서 싸운데. 주운 사람은 자기 꺼라고 하고 죽을 뻔한 사람은 어떻게 그럴 수가 있냐고 하고….”

“같이 있던 산악회 사람들은 단체로 왔으니 똑같이 나누자고 하고…….”

소희와 지혜가 신나서 옆에서 자신들이 아는 내용을 종알거렸다.

‘이거다.’

진혁의 눈빛이 빛났다.

지구에 떨어진 운석을 찾아낸다면 얼추 돈이 될 것 같았다.

진혁은 현재 아파트를 판 돈과 아버지가 저축해놓은 돈 2억 5천중 5천을 빼고 전부 달러로 바꾸어 놓았다.

그 이유는 앞으로 대한민국에 어떤 일이 벌어질 것인지 이미 알기 때문이었다.

과거 판테온에 넘어가기 전 대한민국은 이맘때 아주 숨가쁘게 돌아갔다.

IMF 이전까지 우리나라는 시장평균환율제였다. 이후 97년 12월에 자동변동환율제로 바뀌게 된다.

현재까지 시장평균환율제에 따라 일일 변동제한폭이 8%까지 올랐다. 11월이면 상하 10%까지 확대될 것이다.

당시 대한민국에는 외환보유고가 모자랐던 것이 그 원인이었다.

외채도 갚고 해야 되는데 달러 보유량이 모자는 것이었다. 정부는 긴급구제금융을 받아 급전을 해결한 셈이다. 그런데 보유하고 있는 달러는 부족했다.

정부도, 기업도 외국에 돈 줘야 되는 게 많으니 서로 달러를 사려고 난리가 났다. 시장에는 달러는 없는데 너도 나도 달러를 사려 하니 가격은 천정부지로 올라가게 되었다.

진혁이 아파트를 팔았을 때, 어머니 장혜자에게 전세로 집을 얻자고 주장한 이유가 그래서였다.

최대한 현금을 보유하다가 적절한 때에 달러로 바꾸어 때를 기다렸다.

진혁은 이달 말쯤이면 외환시장이 개장하자마자 환율이 1일 변동상한폭까지 오르게 되는 초유의 사태를 겪게 될 것을 알고 있었다.

그가 판테온으로 넘어가기 전 대한민국은 1997년 9월부터 환율에 큰 폭의 변동이 급작스럽게 오르기 때문이었다.

자세한 내역은 기억나지 않는다고 해도 얼추 9월말쯤이면 900원대 매입했던 달러가 1,800원대로 오르게 될 것이었다.

그 이후 다시 환율이 떨어졌다가 연말쯤 되면 1900원대로 널뛰게 된다.

이것은 진혁에게 기회가 되었다.

'백곰 그 양반……'

진혁은 대신종금에서 우연히 만났던 백곰을 떠올렸다.

달러교환 백곰이라고 적혀있던 명함을 건네준 이였다.

진혁은 그 이후 그에게 연락을 했다.

개인이 환전소에서 달러를 매입하는 것은 1일 제한이 있었기 때문이었다.

환전장사를 하는 백곰덕분에 달러를 매입하는 데 수월했다.

진혁이 전화만 하면 달러를 사고파는 건 백곰이 처리할 것이었다.

'백곰 역시 손해는 아니겠지.'

진혁도 백곰이 자신을 따라 달러를 매도하기보다 주로 매입에 신경 쓰고 있다는 것을 알고 있었다.

이제 진혁이 할 일이라곤 현금을 최대한 모아 당분간 달러를 사고파는데 집중하는 일이었다.

그는 과거 지구에서 살 때 지독할 만큼 가난을 겪었다.

진혁이 귀환 후 그 모든 것이 달라졌다고는 하지만 돈의 소중함은 그 누구보다 뼈저리게 알고 있었다.

돈이 있어야 주변 사람들, 심지어 친구뿐 아니라 가족들에게도 대접을 받는다.

아니, 그런 대접 안 받아도 좋다.

무시만 당하지 않는다면.

돈이 없어 운동을 줄넘기로 하는 것과 돈이 있음에도 불구하고 운동을 줄넘기로 하는 것은 천지차이다.

진혁은 그 후자의 삶을 자신과 가족의 것으로 만들기로 결심했다.

하지만 그의 손에는 투자금액이 2억 5천밖에 되지 않는다. 물론 이 돈이 그나 그의 가족에게 결코 작은 돈은 아니었다. 하지만 진혁이 꿈꾸는 삶을 위해서는 좀 더 많은 돈이 필요한 게 사실이었다.

적은 돈으로 뭉치는 눈덩이보다 큰 눈덩이가 더 많은 눈을 뭉치게 되기 때문이었다.

'아무래도 운석을 찾아봐야겠군.'

진혁의 시선은 TV화면으로 향해 있었다.

뉴스에선 운석의 가치가 얼마고 어쩌고 하는 소식이 계속해서 흘러나왔다.

TV화면 밑으로 작게 진생 그룹 법정관리 신청이라는 한 줄 자막이 흘러가고 있었다.

"나라가 어떻게 되려고."

어머니 장혜자의 시선이 자막에 가있었다.

교수 아내답게 호기심을 불러일으키는 기사에 관심 갖

기보다 경제에 관련된 기사에 더 관심을 가지고 계셨다.

"그러게요. 연일 난리네요."

진혁도 맞장구를 쳤다.

"네 외할버지가 음식점 하나 경영해보라던데……."

장혜자가 불쑥 말을 꺼냈다.

얼마 전부터 진혁에게 하고 싶었던 말인 듯싶었다.

요 며칠 어머니께서 자주 외할아버지 댁에 출입이 잦으셨다.

이게 그 이유인 듯싶었다.

하지만 미래를 아는 진혁으로선 음식점 경영은 가당치도 않는 일이었다.

무슨 일이 있어도 말려야 한다.

1997년 이 해에 얼마나 많은 식당과 가게들이 망했던가.

"절대 안 됩니다."

진혁이 단호하게 말했다.

"그렇긴 하지. 저렇게 이름난 그룹들도 난리가 나고 있는 판국에 음식점이라니……."

장혜자는 말은 그렇게 하면서도 뭔가 아쉬운 눈치였다.

"어머니, 앞으로 우리나라 경제는 지금보다 상상하기 어려울 만큼 더 어려워질 수 있습니다. 그렇게 되면 음식점이고 뭐고 전부 다 망합니다."

"나도 알지. 그런데 네 외할머니가 어디서 기막힌 고기

소스 비법을 받았나봐. 음식점 규모를 크게 해서 소스가 끝내주게 맛있고 고기도 맛있고 하면 먹을 사람들은 다 먹는다고 네 외할버지가 그러더라."

"올핸 안 됩니다."

진혁은 고개를 저었다.

"언제까지 정부지원금과 네 외할버지에게 손을 벌릴 수도 없고."

장혜자의 표정은 미련이 남는 듯 했다.

그녀의 말은 핑계에 불과했다.

평생을 장성의 딸로, 교수의 아내로, 자식들의 어머니로 살아왔던 그녀였다.

그녀 스스로 무언가 성취한 기억이 전혀 없었다.

장혜자는 자신의 손으로 식당을 크게 경영해보고 싶었다.

"어머니, 조금만 참으십시오. 때가 되면 제 손으로 직접 차려드리겠습니다."

"네 외할아버지에게 뭐라고 말하니? 하겠다고 했는데."

그사이 벌써 외가 쪽과 장혜자 사이에서 얘기는 다되었나 보다.

"어머니뿐만 아니라 외가댁도 절대 해서는 안 됩니다. 이제 시작입니다. 저 기사 보세요."

진혁은 TV화면 쪽으로 손가락을 가리켰다.

뉴스는 어느새 운석에 관한 보도에서 진생그룹에 대한 소식을 자세히 다루고 있었다.

올 초 한술철강이 부도가 났을 때만 하더라도 여론은 별 문제 없을 거라는 식의 보도를 내었다.

하지만 지금은 그 상황이 전혀 달랐다.

업계 8위인 기린그룹마저 무너진 데다 엎친 데 덮친 격으로 진생그룹이 법정관리를 신청했다는 보도가 나왔다.

"앞으론 이보다 더 심하게 될 것입니다."

"휴우."

어머니 장혜자는 긴 한숨을 쉬셨다.

진혁이 벌벌 뛰는 것이었다.

아들이 이렇게 강하게 나오니 도리가 없었다.

그동안 진혁이 하자는 대로 해서 나쁘게 된 적은 전혀 없었다.

오히려 가족을 위기에서 구했기 때문이었다.

이윽고 무겁게 입을 열었다.

"네 외할버지께 일단은 연기하자고 말씀드려야겠다."

장혜자는 고개를 끄덕이며 말했다.

"절 믿어주셔서 감사드립니다."

"내가 아들을 믿지. 누굴 믿겠니?"

장혜자는 진혁을 보면서 말했다.

올 여름 방학이후로 너무도 변한 아들이었다.

아들이 하는 행동에는 반드시 무언가 이유가 있었다. 진혁의 말대로 하면 모든 게 술술 풀리는 느낌이었다. 그녀는 아들 진혁의 말대로 따라야겠다고 다시 한 번 결심했다.

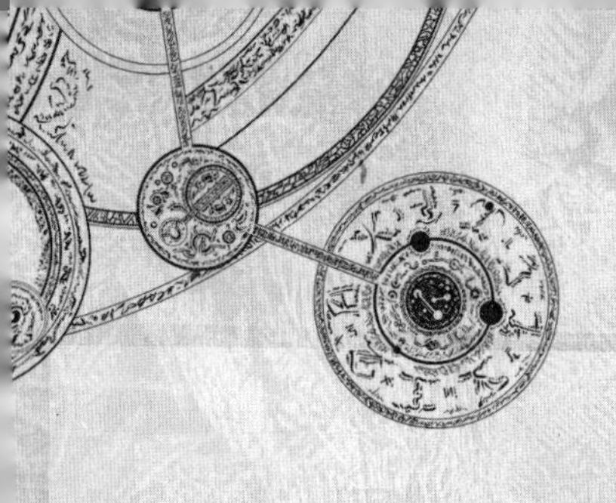

Return of the Meister

NEO MODERN FANTASY STORY

6. 운석

6. 운석

진명에게 운석의 소식을 들은 그는 다음 날 토요일 오전 수업을 마치자마자 바로 태백산으로 향했다.

진명은 둘째 치고 소희와 지혜가 따라가겠다고 난리를 치는 것을 간신히 달랬다

휴우.

진혁이 안도의 한숨을 쉬었다.

세 명이나 따라왔더라면 애초의 목적인 운석을 제대로 찾을 수가 있을지 의심스러웠기 때문이었다.

그리고 아직 12, 14살인 애들한테는 태백산 등산은 버거웠다.

물론 태백산 자체는 산세가 비교적 완만하다.

그렇다고 12살, 14살들이 따라올 만한 곳은 아니었다. 단순한 관광이나 산행 정도가 아니기 때문이었다.

길이 나지 않는 곳도 이리저리 돌아다니면서 살펴봐야 했기 때문이었다.

마법이 있다고는 하지만 마나가 부족한 이상 제대로 시현이 될지, 아니 시현이 됐다고 해도 얼마나 효력이 있을지 미지수였기 때문이었다.

'장군봉부터 살펴볼까.'

진혁은 등에 멘 가방을 들썩 거렸다. 안에는 초코바와 오이, 물 등이 들어있었다.

물론 이곳에 오래 머물 생각은 없었다.

만일을 대비해서 준비해온 것이었다.

그리고 가방 안에 미리 아공간을 만들어놓았다.

'이것 때문에 마나량이 더 줄어들었지.'

진혁은 쓴 웃음을 지었다.

판테온이라면 마나에 대해서 크게 신경 쓸 필요도 없었을 것이었다.

지척에 마나가 풍부하게 널렸으니깐 말이었다.

지구에서는 서클 수와 서클의 안정화 외에도 가장 중요한 변수가 마나량이었다.

어쨌든 그는 최대한 산행을 오래할 수도 있다는 각오로 태백산을 방문했다.

그래서 복장에도 신경을 썼다.

바지만 싸구려 등산바지를 사 입었고, 잠바와 신발은 흔히 평범한 것으로 입었다.

누가 보면 태백산 근처에 사는 아이들처럼 보일 것이었다.

태백산에 운석이 떨어진 만큼 이 주변에 사는 사람들은 어른이나 아이들도 할 것 없이 이 근처를 어슬렁거리고 있으니깐 말이었다.

'이런 차림이면 사람들도 별 의심이 없겠지.'

그 혼자 산에 오르는 만큼 최대한 사람들 틈에 섞여 눈길을 끌지 않도록 진혁은 최대한 신경을 썼다.

태백산에는 평소보다 더 많은 인파가 몰려 있었다. 운석이 떨어졌다는 뉴스를 연일 보도한 영향이었다.

운석을 혹시나 발견하지 않을까 하는 기대감으로 온 사람들이 많았다.

그들 중 외국인들도 간혹 눈에 뜨였다.

단풍놀이 나온 등산객들이 가세해 더욱 많은 사람들이 태백산 주변에 북적거렸다.

등산객들 역시 단풍놀이도 즐기고 운석도 찾고 라는 꿩 먹고 알 먹기라는 심정으로 산행을 하고 있었다.

모두들 뉴스에 나온 등산객들처럼 그런 행운이 없을까 내심 기대하는 눈치였다.

'최소 1g에 5달러 정도 하니… 다들 호기심이 가겠지.'

물론 운석의 가격은 완전히 고정되어있는 것은 아니었다.

운석의 종류에 따라 그 가격은 천차만차이기 때문이었다. 석철운석의 경우 1g당 260달러 정도 했다.

만약 진짜 석철운석 5kg 짜리를 발견할 경우 대략 우리나라 돈으로 12억 정도가 된다.

물론 오늘자 환율 1달러 950원대일 경우로 치면 말이었다.

등산객들은 삼삼오오 짝을 지어 여전히 가장 핫한 뉴스인 운석에 대한 이야기꽃을 피우고 있었다.

"글쎄, 그 사람들 산악동호횐가 하는데 난리났더구만."

"몇kg 안 나간다면서?"

"그래도 그게 얼마야? 몇 십억은 한다는데."

"나라에서 가만있겠어? 보상금이나 주고 가져가겠지."

"어림없지. 운석은 최초발견해서 주운 자가 주인이라는데."

"하긴. 그 사람들끼리 싸움 나는 게 문제겠네."

"처음 운석을 주운 사람과 같이 산행 온 사람들 사이에서 난리도 아니라고 하던데."

"욕심이 하늘을 찌르는군."

진혁은 가만히 등산객들이 나누는 얘기를 듣고만 있었다.

인간사 충분히 있을 수 있는 이야기들이었다.

돈이란 것을 횡재하다보면 사람심리가 급격하게 오르고 내리게 된다.

진혁 그 자신과 크게 다를 바가 없지 않는가.

그의 한쪽 입 꼬리가 올라섰다.

진혁은 이 부분에 대해서는 일단 운석을 찾고 나서 생각하기로 했다.

운석이 주는 학문적 가치도 무시할 수는 없었다. 하지만 다음 달 환율이 다시 떨어졌을 때 달러를 최대치로 매입하려면 돈이 필요했다.

물론 자신이 기억하는 과거가 맞다면 말이다.

또한 자신에 의해서 현재가 바뀌는 만큼 지구, 아니 적어도 한국에서 일어나는 일들이 반드시 과거와 똑같으리란 보장도 없었다.

진혁은 과거의 기억에만 의존하지 않기로 했다.

하지만 알고 있는 만큼 보이는 걸까.

현재 대한민국이 돌아가는 걸 보면 위기도 아주 위기였다. 이 상황을 냉정하게 인식하는 사람들이 달러에 투자를 하는 건 지극히 당연했다.

더구나 환율 1일 제한변동폭은 점점 확대되고 있지 않은가.

그런데 아직도 어떻게든 나라에서 위기를 넘길 것이라

고 생각하는 사람들이 대다수였다.

'미디어를 통해서 사람들의 관심을 돌리는 정부의 태도도 문제이지.'

진혁이 보는 지금 현실은 그랬다.

재계 그룹 8위인 기린 그룹이 무너졌다.

그런데도 사람들은 이 사태가 잠시의 경제위기일 뿐 금방 해결될 것이라고 믿는 사람들이 더 많았다.

오히려 운석 같은 화젯거리에 더 관심을 갖는 사람들이 많았다.

결국 발등에 불 떨어졌을 때가 되어 뜨겁다고 난리칠 게 뻔했다.

자신의 외할아버지도 그런 사람 중 하나였다.

평생을 군인으로 살아와서 그런지 남의 말은 죽어도 안 들으면서 한번 솔깃하면 밑도 끝도 없었다.

주변에서 아무리 뜯어말려도 소용이 없었다.

그 고집이 상식을 넘어서기 때문이었다.

'휴우.'

진혁은 외할머니를 내세워 대형음식점을 강남에서 차리겠다는 외할아버지 생각이 나서 답답했다.

어머니가 얼마나 만류할 수 있을까.

아마도 쉽지 않으리라.

진혁은 이런 저런 생각을 하면서도 자신의 지나는 근처

뿐 아니라 산 전체를 계속 스캔하고 있었다.

어느새 장군봉에 이르렀다.

'여긴 없는 것 같군.'

한낮에 서울에서 출발했는데 벌써 저녁 8시가 돼가고 있었다.

장군봉 정상에는 아직도 등산객들이 드문드문 있었다.

'장엄하다.'

진혁은 눈을 들어 주변 경치를 감상했다.

태백산의 최고봉인 장군봉은 산세가 완만해 경관은 빼어나지 않았지만 웅장하고 장중한 맛이 느껴졌다.

예로부터 '영산'으로 불릴 만 했다.

산 정상에는 천제단이 있었다.

진혁은 호기심이 일어 천제단에 가까이 가보았다.

쑤아아악.

휘리리익.

진혁이 다가서자 천제단 근처에서 한줄기 바람이 일어났다.

마나였다.

'신기하군.'

진혁은 의아했다.

자신이 이곳에 도착해 의도적으로 마나를 흡수하려고 애를 쓰지 않았기 때문이었다.

판테온에서야 진혁이 마나 가뭄인 지구에서 살다 온 존재여서 그런지 그곳 사람들보다 마나 흡수량이나 마나가 달라붙는 흡착력이 매우 뛰어났었다.

무의식적인 작용인 셈이었다.

하지만 지금은 반대의 경우가 아닌가.

그렇다면 이 태백산에 무언가 있는 것이 분명했다.

진혁의 눈빛이 빛났다.

'어쨌든 다행이군.'

그로선 이 마나가 고맙기 짝이 없었다.

얼마 전 조성진의 역할을 하느라 심하게 마나를 썼기 때문이었다.

그가 태백산의 산 정상을 마법을 이용하여 훌쩍 오를 수 있음에도 천천히 오른데는 마나를 아끼려는 의도도 들어 있었다.

물론 자신의 다리로 직접 산행을 하면서 천천히 주변을 스캔해서 운석의 조그만 흔적조차 놓치지 않으려고 한 의도도 있었지만 말이었다.

그는 그 자리에서 가부좌를 튼 상태로 두 팔을 벌렸다.

그리곤 피부를 통해서 마나를 흡수하기 시작했다.

보통 공기를 들이쉬는 데는 피부호흡보다 90% 코로 호흡하는 것이 더 많이 차지한다.

하지만 마나의 경우 90%가 피부로 흡수된다.

가끔 산 정상에 오르내리는 사람들이 진혁을 힐끔 쳐다보았으니 크게 개의치는 않는 듯 했다.

대부분은 이미 하산준비를 마치고 내려가는 사람들이 대다수였다.

진혁은 그런 사람들의 시선을 개의치 않고 오로지 마나에 집중했다.

처음 돌풍처럼 일으켰던 바람은 마나가 되어 그의 피부 속으로 흡수되었다.

시간이 지날수록 장군봉 정상에는 심한 바람이 불어왔다.

산 전체에 흩어져 있던 마나가 진혁에게 오고 있는 것이었다.

갑작스런 기후변화에 산 정상에 있던 남아있던 등산객들도 서둘러 내려갈 준비를 하기 시작했다.

진혁은 여전히 미동도 않은 채 마나를 흡수하는데 집중했다.

얼마나 시간이 지났을까.

진혁은 눈을 떴다.

어느새 깜깜한 한밤중이 된 듯싶었다.

온몸에 마나가 꽉 찼다.

'당분간 이것으로 꽤 도움 되겠지.'

현재 그는 5서클의 마법을 시현하는데 불안정하다고 해도, 4서클의 마법마저 마나의 부족으로 시현이 어려운 것이 많았다.

장군봉에 몇 시간 앉아있지 않았는데도 산 전역에서 몰려온 마나 덕에 꽤 모아진 듯싶었다.

'한 번씩 이리로 와야겠는데.'

진혁은 계룡산 동굴 속에 있었던 엘그라시아를 떠올렸다. 그곳에 다시 갈 수 있다면 분명 이보다 더 많은 마나를 흡수할 수 있었다.

하지만 그는 그곳을 떠나올 때 알고 있었다.

당분간 엘그라시아가 있는 곳을 찾을 수 없다는 것을 말이었다.

물론 다시 인연이 된다면 언젠간 만나게 될 것이라고 그는 생각했다.

'저기다!'

진혁은 자리에서 벌떡 일어섰다.

지구에서 느낄 수 없는 이질적인 감각이 느껴졌기 때문이었다.

장군봉에서 다소 떨어진 봉우리였다.

'저정도 거리면 공간이동 마법도 먹히겠군.'

진혁은 서둘러 마법을 시현해 그곳으로 향했다.

그가 도착한 곳은 사람의 발길이 닿지 않는 한적한 곳이었다.

아직까지 이곳에 운석을 찾는 사람들, 심지어 약초꾼들

도 온 적이 없어보였다.

'하늘이 도왔군.'

내일쯤이면 이곳도 사람의 손길을 탈게 뻔했다.

진혁은 빙그레 미소를 띠면서 움푹 패인 땅속을 쳐다보았다.

운석이었다.

운석의 표면에 투명한 녹색을 띠는 것들이 있었다.

그의 짐작이 맞다면 이곳에 오기 전 사전에 살펴보았던 운석 중에서 가장 희귀하다는 석철 운석일게다.

게다가 운석은 세 개가 놓여 있었다.

30kg쯤 나가 보이는 운석이 두 개.

그리고 1-2kg쯤 되보이는 작은 운석이었다.

진혁은 일단 운석을 배낭을 열어 자신의 아공간에 밀어넣기 시작했다.

그의 얼굴엔 미소가 만연했다.

예상치 못한 수확이었다.

이곳에 운석이 있다면 자신이 찾아낼 수 있을 것이란 확신은 있었다.

하지만 이렇게 큰 운석을 2개나 찾을 수 있을 거라는 생각은 미처 못 했다.

이중 하나만 제대로 팔아도 대략 74억 쯤 되었다.

휘리릭익.

진혁의 몸이 흔적도 없이 사라졌다.

◈

진혁은 대한지질학회로 향하고 있었다.

사전에 그곳에 전화를 넣어 학회장과 만나기로 약속했다.

'전화 연결도 힘들었지.'

아마도 운석 탓일 것이다.

태백산에서 그럴듯한 암석을 주우면 사람들은 죄다 지질학회나 주변 대학교로 문의전화를 했다.

당연히 전화가 폭주하다보니 연결되는 것 자체도 힘들었다.

하지만 막상 전화 연결이 되니깐 지질학회쪽에서는 친절하게 응대해주었다.

덕분에 이렇게 지질학회장과 일대일 면담 약속까지 잡을 수 있었던 것이었다.

"잠시만 기다리세요."

비서로 보이는 아가씨가 일어나 진혁에게 잠시 앉으라고 권유했다.

벌컥.

두 사람이 학회장실에서 나왔다.

"나중 연락드리겠습니다."

대머리인 50대쯤으로 보이는 사내가 또 다른 사내에게 말했다.

'저 자가 학회장인가?'

진혁은 대머리 사내를 유심히 쳐다보았다.

얼굴 자체는 제법 사람이 좋아 보였다.

"자네가 최진혁인가?"

"네."

"학생이군. 들어오게."

학회장 구서명은 자신을 면담키로 한 사람이 아직 학생임에도 불구하고 만나주었다.

그런 점에서 사람이 무척 괜찮다는 것을 알 수 있었다. 하지만 진혁은 그로부터 무언가 석연찮은 느낌을 지울 수가 없었다.

"운석은 최초발견해서 주운 자가 임자 맞죠?"

진혁의 물음에 학회장 구서명은 빙그레 웃으며 고개를 끄덕였다.

"정부라도 개인소유재산에 함부로 손댈 수 없지."

"이곳은 어떻습니까?"

진혁은 정부에서 운석을 보관하는 방법은 천연지정물일 경우라는 것을 알고 있었다.

지질학회의 경우 연구 조사를 위해서 다른 방법을 사용하고 있었다.

일부러 넌시히 학회장을 떠보기 위해서였다.

"학문적 가치가 있는 운석이라면 우리도 매입하려고는 하겠지. 기부를 받으면 좋지만 누가 기부를 하겠는가? 허허허."

구서명이 사람들의 마음을 이해한다는 듯이 말했다.

"그렇죠. 일확천금의 기회가 눈앞에 있는데……."

"우리도 적당하면 시세대로 사기는 하네."

구서명이 이어서 계속 말했다.

"그게 진짜 운석일 경우에 한해서지."

"하긴."

진혁은 고개를 끄덕이면서 가지고 온 배낭을 열기 시작했다.

"제게 두 개의 운석이 있거든요. 얼추 두 개가 다 비슷한 것 같아요."

"그, 그게 사실인가?"

구서명은 놀라는 눈치였다.

"지금 당장 운석을 볼 수 있겠는가? 내가 감정을 해봐야 확실하게 알 수가 있네."

"안 그래도 주차장에 트럭을 세워두었습니다. 함께 가시겠습니까?"

"그러지, 앞장 서게."

구서명은 진혁을 앞세웠다.

진혁은 구서명과 함께 대한지질학회의 주차장 쪽으로 향했다.

그곳에는 파란트럭이 한 대 놓여져 있었다.

진혁이 나타나자 운전석에서 백곰이 내렸다.

그는 진혁의 눈짓에 따라 트럭 뒤편에 씌워둔 파란색 천을 걷었다.

동시에 구서명의 눈이 동그래졌다.

그는 트럭위에 놓여진 두 개의 운석을 바라보았다.

크기가 대충 1m쯤 되는 운석이었다.

진혁의 말대로 둘다 30kg쯤 나갈 듯이 보였다.

꿀꺽.

구서명의 목구멍에서 침솟는 소리가 올라섰다.

그의 반응만 놓고 봐도 석철운석이라는 것을 한눈에 알아본 듯 싶었다.

석철운석의 경우 다른 운석과는 다르게 빛이나 색깔 등 때문에 확연히 알아챌 수가 있었다.

물론 이것을 가져다 좀 더 정밀 조사를 나이 탄소연대를 측정하는 등의 일을 더 하겠지만 말이었다.

"이… 이걸 두 개나?"

"운이 좋았어요. 단풍놀이 갔다가 길을 헤맸는데 오히려 그 덕에 이결들을 만날 수가 있었습니다."

"흠, 아직 운석인지는 확실치 않네만… 자네는 어떻게 하고 싶은가?"

질문을 하는 구서명의 눈은 여전히 운석에게 쏠려있었다.

"보시면 알겠지만 이 두 개는 크기나 모양, 이루고 있는 성분들이 거의 비슷해 보입니다. 학문적 가치가 있다고 해도 굳이 두 개가 필요 없을 듯 합니다."

진혁이 말했다.

"그… 그렇지…."

구서명의 이마에서 한줄기 땀이 흘러 내렸다.

"이것을 익명으로 해주신다면……."

진혁이 씨익 웃어보였다.

"해주신다면?"

구서명이 뒷말을 따라했다.

"하나는 이곳에 기부를 하죠. 아무런 대가도 없이 말입니다."

"오."

구서명의 입에서 짧은 탄식이 흘러 나왔다.

"물론 이것이 운석이 맞는다는 전제하에서 말입니다. 제가 좋은 일 하는 거죠."

진혁은 그렇게 말하면서 백곰과 함께 30kg짜리 운석을 들어 구서명 앞으로 내려놓았다.

"저희는 이제 가보겠습니다."

진혁의 말에 백곰이 다시 파란천을 트럭위에 하나 남은

운석위로 씌웠다.

"그… 그것도 조사를…."

구서명이 말했다.

"하나만 해도 충분하지 않을까요?"

"그래도 우리가 이걸 가지고 충분한 조사를 하고 보증을 해야…."

"그러지 않아도 된다는 걸 아시지 않습니까?"

진혁은 구서명의 눈을 빤히 쳐다보았다.

"그렇긴… 하지."

구서명도 어쩔 수 없이 인정했다.

어차피 이것을 지질학회에서 조사를 하고 운석이 맞을 경우 맞는다고 발표를 해도 운석을 구매하려는 측에서는 또 한 번 따로 조사를 할 게 뻔했다.

그만큼 큰돈이 움직이게 되니깐 구매자 역시 조심할 수밖에 없었다.

한편으로서는 지질학회의 신뢰가 요 몇 년 사이 떨어진 것도 있었다.

"익명입니다. 제 이름이 뉴스에 나오면 기부는 철회하겠습니다. 서명하시죠."

진혁은 준비한 종이를 내밀었다.

"저 역시 이것을 조용히 처분하려고 하니 서로 좋은 게 좋은 거 아니겠습니까?"

"학생이 대담하군."

"학생이니깐 선량한 거죠. 제가 성인이었다면 이것을 아무런 대가도 없이 기부하려고 들었을까요?"

진혁이 눈을 반짝이며 구서명을 쳐다보았다.

구서명은 고개를 끄덕였다.

진혁의 말에 반박을 할 수가 없었다.

구서명은 펜을 들어 진혁이 준비한 종이에 서명을 했다.

이것으로 짜리 운석 하나는 지질학회 소유가 될 것이었다.

"그럼 전 가보겠습니다."

진혁이 말했다.

"이제 한결 차가 가벼워지겠습니다."

구서명은 자신의 앞에 덩그러니 놓인 30kg짜리 운석과 트럭위에 놓인 29kg짜리 운석을 번갈아 쳐다보았다.

그는 그 자리에 서서 트럭이 사라질 동안 지켜보았다.

30kg짜리 운석을 옮길 사람들을 부를 생각도하지 않고 말이었다.

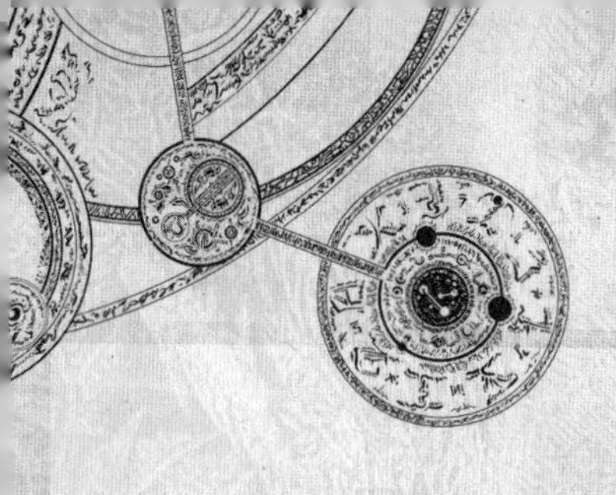

Return of the Meister

NEO MODERN FANTASY STORY

7. 비상

7. 비상

진혁은 명동에 있는 백곰의 사무실로 향했다.

백곰은 그를 환영하면서 맞이해주었다.

“어제 자네 말을 들은 게 다행이었네.”

백곰은 빙그레 웃으면서 오늘 자 환율시세가 적힌 표를 보여 주었다.

어제, 9월 29일 외환시장은 사상 초유의 사태를 맞이했다.

환율이 1일 변동 폭 상한선까지 상승했던 것이었다.

1달러당 무려 1800원.

진혁은 그간 매입한 달러를 어제 모두 내다팔았다.

덕분에 명동에 있는 백곰이 장사하는 환전소에 엄청난 인파가 몰렸다. 주변 환전소에서 장사하는 사람들까지 백곰을 찾았다.

백곰은 반신반의를 하면서 오히려 진혁을 말렸다.

앞으로 좀 더 오를 수 있기 때문이었다.

기대심리.

사람들이 주식을 팔고도 적절한 타이밍에서 팔지 못하는 이유였다.

이 시장에 잔뼈가 굵은 백곰조차 처음 맞이하는 초유의 사태에 제대로 된 결정을 내리기가 어려웠다.

그런데 달러를 판 다음 날 진혁의 감대로 환율이 도로 내리고 있었다.

그것도 급격하게 말이었다.

하지만 진혁은 더 오르더라도 지금 파는 게 적절하다는 것을 알고 있었다.

"4억 정도 되겠군요."

진혁이 무덤덤하게 말했다.

"어떻게 할까?"

"10월 초 상황을 보고 다시 매입할 겁니다."

"지금 매입하는 게 낫지 않을까?"

백곰은 급격하게 하락하는 환율에 조바심이 났다.

전날 변동 폭까지 상승한 환율이다.

그렇다면 다음날 아무리 떨어진다고 해도 다시 치고 올라갈 게 뻔했다.

더구나 대한민국이 돌아가는 상황을 보면 백곰과 같이 경제에 밝은 사람들은 더욱 환율에 몰려들게 뻔했다.

어제의 사태로 인해 더욱 많은 사람들이 환율에 관심을 가지게 되었다.

그간 달러 매입을 주체가 정부나 기업체들이었다면 이제는 개인이 달러를 매입하는데 열을 올릴 게 뻔했다.

그런 이유로 백곰은 오늘 1500원으로 떨어진 달러를 매입하고자 하는 의사를 밝힐 수밖에 없었다.

그런데 진혁은 오히려 며칠 더 내버려 두기를 원했다.

"더 떨어질 가능성도 있습니다. 물론 지금 구입하셔도 나중 이익은 볼 겁니다."

진혁이 말했다.

"흠."

백곰은 일단 가지고 있는 돈을 두 개로 나누어야겠다고 생각했다.

"제 돈은 일단 제가 말씀드릴 때 매입 부탁드리겠습니다."

"알았네."

진혁은 백곰의 생각을 읽고는 말했다.

"운석말일세."

백곰이 화제를 전환했다.

"세계적으로 희귀한 석철 운석이 맞다고 판명 났네."

"생각보다 빨리 판정 났습니다."

"구매자 덕일세."

"누굽니까?"

"하워드 잭슨이라네."

"하워드 잭슨이라면 세계 대재벌 아닙니까?"

"그렇다네. 그의 기부 방식이 예전부터 좀 남다르다네. 세계 각지에 흩어져 있는 운석을 자신의 돈으로 구입해서 세계지질학회나 대학교에 기부한다네. 아무래도 운석을 지질학회나 대학교 측에서 시세대로 발견자들에게 살 수 없으니깐 그가 그런 일을 하고 있는 거라네."

백곰은 진혁을 보면서 계속 말했다.

"1g당 300달러에."

"예상보다 더 높은 이유가 뭡니까?"

"석철 운석 중에서도 꽤 희귀한 거라고 하더군."

"한 가지 의문이 드는 게 있습니다."

진혁이 말했다.

"뭔가?"

백곰이 의아하다는 듯이 쳐다보았다.

진혁이 보통 학생, 아니 성인들을 합쳐놓고 생각해도 남다른 다른 것은 알고 있는 그였다.

하지만 1g당 300달러면 운석이 29kg이니깐 대략 오늘자 환율을 적용해도 156억 정도가 손에 들어온다.

대부분 이런 경우라면 마땅히 기뻐서 어쩔 줄 모르는 것이 당연하지 않는가.

그런데 진혁은 전혀 좋아하는 빛이 없었다.

그저 무덤덤했다.

도대체 속을 알 수가 없었다.

'내가 무시할 수가 없는 이유지.'

백곰은 생각했다.

이제 겨우 16살의 진혁.

그럼에도 그는 진혁이 자신보다 더 높은 사람처럼 여겨졌기 때문이었다.

"운석 구매자를 부탁드린 지 5일이 채 안 됩니다. 어떻게 하워드 잭슨이란 자가 이렇게 빨리 나설 수 있었는지 알고 싶습니다."

"그거라면 어렵지 않네. 내 친구가 운석브로커이다 보니 나도 꽤 엿들은 게 많지."

백곰이 설명했다.

운석 자체가 워낙 희귀하다보니 시장 자체가 한국에 국한되지 않고 전 세계적으로 형성되어 있다고 했다.

물론 운석 여부를 판별하는 전문가들까지도 고용되어있거나 전문가가 직접 중개인으로 활동하는 경우도 심심찮게 있다고 했다.

아무래도 운석의 가치를 알아보는 눈이 필요하다보니

미술품의 디렉터들처럼 이들도 전문적으로 공부한 자들이 이 시장에 많이 뛰어든다고 했다.

특히, 이번 태백산에 떨어진 운석의 경우는 한국에만 발견되었다고 했다.

지구를 아슬아슬 비켜간 소행성이 일으킨 유성우가 지구 표면에 떨어지면서 대부분 소멸되고 그중 몇 개만이 태백산 쪽으로 떨어진 것으로 추정되었다.

진혁이 태백산에 갔을 때 외국인들을 목격한 것은 우연히 아니었다.

그들은 해외에서 온 운석사냥꾼들이었다.

백곰의 말로는 지금쯤이면 태백산에는 한국인들보다 외국인들이 더 득실댈 거라고 했다.

어쨌거나 그 덕분에 하워드 잭슨 같은 자들이 재빠르게 진혁의 운석을 손에 넣을 수 있었던 이유였다.

"한시름 놓습니다."

진혁이 고개를 끄덕였다.

그는 운석 하나를 대한지질학회에 기부하고도 마음이 편하지 않았다.

엄연히 운석 자체가 처음 발견해서 주운 자가 임자라고 해도 말이었다.

그런데 하워드 잭슨 같은 자가 구입해서 세계지질학회에 기부를 한다고 하니 누이 좋고 매부 좋은 격이었다.

어차피 대한민국 지질학회에는 진혁 덕분에 똑같은 것이 하나 더 있으니 그다지 아쉬워하지 않을 것이었다.

'하워드 잭슨이라. 나도 그자처럼 되고 싶군.'

진혁은 손을 꽉 쥐었다.

"처리해주시죠."

"알았네."

"회사 설립 건은 어떻게 되고 있습니까?"

"발기인을 자네로 했네. 법정대리인은 자네 어머니시라 자네와 자네 어머니, 그리고 내가 참여해서 주식회사를 설립하는 것으로 등록했네."

"수고하셨습니다."

"주식회사 하나 설립하는 거야 별일도 아니지."

백곰이 씨익 웃었다.

그리곤 진혁 앞으로 명함을 한 장 내밀었다.

명함에는 중앙종합개발투자 대표이사 최진혁으로 적혀 있었다.

"제가 대표이사가 되는 겁니까?"

진혁이 얼떨떨한 표정을 지어 보였다.

백곰과 함께 회사를 설립하자고 얘기가 오고갔지만 그 자신이 대표이사가 될 것이라고는 생각지 않았다.

나이나 연륜이나 이쪽분야에선 백곰이 자신보다는 훨씬 낫기 때문이었다.

그리고 대외적으로도 사업 파트너들을 상대할 때도 나이 많은 백곰이 유리 하지 않은가?

백곰도 이런 상황을 알고 있을 것이었다.

그런데도 불구하고 진혁에게 대표이사 자리를 양보했다.

"나이는 자네가 한참 어리다고 해도 이 모든 일을 계획하는 건 자네니 당연히 대표이사는 자네가 되어야지. 더구나 자본도 자네가 오천을 대지 않았는가."

백곰이 말했다.

진혁은 명함을 집어 들면서 백곰에게 고개를 숙였다.

나이가 어린 자신을 믿어주고 따라주는 백곰에게 내심 고마웠기 때문이었다.

이번 운석의 경우, 백곰이 없었더라면 제대로 팔 수 있을지 모르겠다.

진혁은 백곰의 친구라는 운석브로커와 백곰에게 운석을 판 대금의 40%를 떼어주기로 했다.

그래도 자신에겐 대략 78억이 남는 셈이었다.

어차피 달러로 받았으니 적절한 때에 팔면 그만이었다.

달러가 부족한 대한민국에 진혁의 달러는 조금이나마 보탬이 되는 셈이었다.

결과적으로 운석을 판 것이 잘된 일이 되었다.

진혁은 운석의 뒤처리가 잘 돌아간 것에 기분이 좋았다.

다만 하나 마음에 걸리는 것이 있다면 그가 운석을 기부했던 대한지질학회였다.

대한지질학회에서는 익명으로 운석을 기부 받았다는 소식조차 없었다.

'익명이라서 조용히 처리하고 싶었나 보지.'

진혁은 그렇게 생각했다.

대외적으로 뉴스에 보도되지 않더라도 내부적으로는 처리를 반드시 했을 것이다.

그런 운석이 익명의 기부자에게 들어왔다고 해도 학회장으로서도 어쩔 수없이 진혁의 존재와 운석의 존재는 정부에 보고는 해야 하기 때문이었다. 하지만 똑같은 운석 하나를 기부한 이상 연구를 해야 한다는 지질학회의 명분도, 천연기념물로 지정해 보관해야 한다는 정부의 명분도 진혁이 가진 운석에게 해당되지 않았다.

천연기념물로 똑같은 두 개를 보관하겠다고 주장할 수 있는 정부도 아니었기 때문이었다.

진혁은 미성년자인 자신에게 엄청난 돈이 들어왔으니 때에 따라서 국세청의 세무조사는 피할 수 없을 것이라고 생각했다.

하지만 상황이 투명한 이상 크게 문제될 게 전혀 없었다.

국세청에서 개인의 세무조사 후 이것에 관한 자료를 여론에 흘린다는 것 자체가 공신력의 문제이기 때문이었다.

"앞으로 본격적으로 나설 생각인가?"

백곰이 생각에 잠긴 진혁에게 물었다.

"일단 두고 봐야죠. 지금 상황에서 뭔가 하려고 덤비는 것은 위험하다고 봅니다. 일단 여차하면 상황에 따라서 움직일 수 있도록 회사는 설립해두게 낫다고 생각했습니다."

"그렇긴 하지."

"시간이 지나면 우리의 회사가 세계에서 이름을 떨칠 수 있을 겁니다."

진혁이 씨익 웃었다.

"나도 믿네."

백곰 역시 따라 웃었다.

정말이지 눈앞의 소년은 이상한 매력이 있었다.

어떻게 하든지 꽉 잡고 그가 가는 길을 따라가고 싶게끔 만드니깐 말이었다.

◈

"자네 말이 맞았네. 환율이 대폭 내렸네."

수화기 너머 백곰의 흥분하는 목소리가 들렸다.

급작스럽게 오른 환율은 한국은행의 방어로 급격하게 떨어지기 시작했다.

어느새 1100원대로 내려갔다.

곧 본래 900원대로 내려갈 것이란 전망도 나오고 있었다.

백곰은 며칠 전 1500원대에서 달러를 매입한 것을 후회하고 있었다.

그래도 진혁 덕분에 재산의 절반은 아직도 그대로 갖고 있지 않은가.

백곰은 진혁의 배짱에 혀를 내둘렀다.

"전부 매입 부탁드립니다."

진혁이 말했다.

"지금 말인가? 내일이나 2-3일 더 기다렸다가 매입해도 되지 않을까? 기왕 기다린 것 말일세."

백곰이 말했다.

"아닙니다. 매입을 서둘러 주십시오."

진혁은 딱잘라 말했다.

백곰은 그런 진혁에게 혀를 내둘렀다.

달러시장에서 잔뼈가 굵은 그도 급변하는 대한민국의 현재 환율시장은 도저히 따라잡을 수가 없다.

한치 앞이 보이지 않을 만큼 급락이 심했다.

쉽게 뛰어들기도 어려운 상황이었다.

그런데 이제 겨우 16살인 진혁은 매사 침착했다.

마치 이미 환율이 어떻게 움직이는지를 전부 알고 있는 것처럼 말이었다.

"알았네."

백곰은 이번에야말로 진혁의 말을 그대로 따라 하기로

결심했다.

"참, 운석말일세."

"말씀하십시오."

"하워드 잭슨이 또 하나 매입했다는 소리가 들리네."

"또 하나 말입니까?"

"흠. 운석이 자네 꺼만 있으리란 보장은 없네만. 그전에 5kg짜리 산악동호회에서 판 것 외에 30kg짜리가 또 있었네."

"30kg짜리 말씀입니까?"

"그게 이상하지."

수화기 너머 백곰도 미심쩍다는 투였다.

'구서명 그 작자가.'

진혁은 그제야 구서명에게서 풍긴 느낌이 욕심이라는 것을 깨달았다.

"운석을 구경할 수 없습니까?"

"안 그래도 하워드 잭슨이 자네를 만났으면 하고 오늘 친구를 통해서 전갈을 넣었다네."

"저를 말입니까?"

"그자가 한국에 있다네. 그 덕에 운석감정이며 파는 것까지 수월했지."

"며칠 전엔 그가 한국에 있었다는 말씀은 안하시지 않았습니까?"

"친구가 비밀로 해달라고 하더군. 그쪽도 비밀리에 한국을 방한한 거라서. 미안하네. 자네에게만은 말해야 했는데."

백곰의 목소리를 들어보니 진심으로 진혁에게 미안해하는 투였다.

"알겠습니다. 최대한 빠른 시일 내에 약속 잡아서 연락주십시오."

딸깍.

진혁은 수화기를 내려놓고 생각에 젖었다.

분명 구서명이 자신의 운석을 바꿔치기 해서 운석시장에 내다판게 틀림없었다.

그렇지 않고 30kg짜리 석철 운석이 운석시장에 나온다는 것은 우연치고 어려웠다.

이대로 있을 수는 없었다.

◈

"하워드 잭슨이라네."

이제 70대를 접어든 그는 다소 마른 몸매에 큰 키를 소유하고 있었다.

멋진 은발에 단정한 슈트차림새의 그는 한눈에 봐도 기품 있어 보였다.

'재벌치고 수수하군.'

진혁은 하워드 잭슨의 이미지가 몹시 마음에 들었다. 세계적인 대재벌이자 최대 규모의 철강회사를 소유하고 있는 그에게 압도적인 카리스마라든지 오만함을 찾아보려야 볼 수가 없었다.

그저 부드러운 느낌만이 그를 감싸고 있었다.

오히려 하워드 잭슨 곁에 서있는 비서로 보이는 사람이 더 오만해보였다.

하워드 잭슨임을 못 알아보는 사람들이라면 분명 옆에 있는 비서가 재벌총수일 것이라고 짐작할 정도였다.

"만나서 반갑습니다."

진혁은 하워드 잭슨의 악수를 잡았다.

"영어할 수 있나?"

"가능합니다."

"그럼 통역관은 필요 없군."

하워드 잭슨은 미리 대기시켰던 통역관에게 눈짓을 했다.

한국 학생들 대부분은 거의 실생활 영어를 못하는 것으로 알려져 있다.

비단 학생들뿐 아니었다.

"미리 배려해주셔서 감사합니다."

진혁이 유창한 영어로 계속 말했다.

"외국인들과 직접 눈을 마주치면서 대화하고 싶어서 진작 영어공부를 열심히 했습니다."

실지로 진혁은 어학공부에 시간 투자를 많이 했다. 중학교 교실에서 아직 몇 개월 더 시간을 낭비해야 한다. 그는 그 시간을 어학공부에 투자했다. 물론 마법을 시현하면 통역마법이 가동되었다.

그러나 갑작스러운 상황에 마나가 전부 사라진다면 통역마법 역시 시현되지 않을 수도 있었다.

사업가란 모든 상황에 대비해야 비로소 사업가라고 할 수 있는 법이었다.

그리고 진혁이 하워드 잭슨에게 한 말은 진심이었다.

직접 눈을 마주치면서 사업파트너들이 될 외국인들과 대화를 나누고 싶었다.

그래서 미래를 위해 차근차근 준비하고 있었던 것이었다. 물론 그가 이렇게 영어를 유창하게 빠른 시일 내 할 수 있었던 것은 마법 덕이었다.

정신 집중력 향상이라는 마법 덕에 다른 이들보다 몇 배나 더 높은 집중력을 보일 수 있었기 때문이었다.

"기특하군. 차 한 잔 어떨까?"

하워드 잭슨은 비서에게 눈짓을 했다. 곧 따뜻한 차가 그들의 앞에 놓여졌다.

"보이차라네."

하워드 잭슨이 찻잔을 들면서 말했다.

진혁도 그것이 보이차라는 것을 알고 있었다.

사업가가 되기로 마음먹은 이상 어떤 지식이나 정보도

놓치지 않고 꼼꼼하게 관심을 가졌다.

특히 오늘 하워드 잭슨을 만나기로 약속을 했지 않은가. 진혁은 그에게 인상을 심어주기 위해서 사전에 그를 만나 전개될 수 있는 모든 상황을 염두에 두었다.

단순한 차 한 잔에도 어떤 종류들이 있는지 전날 밤 열심히 찾아보았던 것이었다.

"중국의 시솽반나 지역에서 난 것이군요."

"그곳이 주요 생산지이지."

하워드 잭슨이 고개를 끄덕였다.

"이렇게 몇 억대가 호가하는 비싼 차를 주시다니 영광입니다."

"차의 가치를 아는 자와 함께 마시니 나 역시 영광일세."

하워드 잭슨이 부드러운 미소를 띠면서 말했다.

눈앞의 소년은 절대 평범하지 않다는 확신이 들었기 때문이었다.

이미 석철운석을 구매하면서 진혁에 대해서 조사를 착수했다.

세계적인 핵물리학자 아버지를 둔 것도, 그리고 그 아버지가 북한으로 납치된 것도 알고 있었다.

그전까지 사고뭉치였던 진혁이 아버지의 납치 후 갑자기 철이 들었다는 것까지 말이었다.

사실 진혁의 주변에서는 전부 하워드 잭슨이 조사한 보

고처럼 그를 그렇게 봤다.

아버지의 납치로 인해서 철이 든 것으로 말이었다.

최근 진혁의 태도가 너무 조용하면서도 정중하고 어린 애라고 생각하기엔 생각이 깊었기 때문이었다.

하워드 잭슨은 보고서에 기록된 것 이상의 무언가가 진혁에게 있을 거라는 생각을 했다.

그의 오랜 사업적인 감이 그렇게 말해오고 있었다.

"어떻게 태백산까지 가서 운석을 줍을 생각을 했지?"

"어떻게 한국까지 오셔서 운석을 사실 생각을 했습니까?"

하워드 잭슨의 질문에 진혁이 되레 질문을 던졌다.

두 사람의 시선이 허공에서 만났다.

파파팟.

마치 불꽃이 튀는 것 같은 신경전이 벌어졌다.

서로가 서로를 탐색하는 것이었다.

결국 하워드 잭슨이 시선을 먼저 돌렸다.

"괜한 질문을 했군. 그보다는 회사를 설립했다고 들었네."

"상당히 조사를 하셨습니다."

"난 좀 신중한 사람이라네. 내가 구입하는 물건의 주인에 대해서는 그냥 넘어가는 법이 없지."

"계속 말씀하시죠."

진혁이 하워드 잭슨을 쳐다보면서 말했다.

"중앙종합개발투자라 앞으로 무얼 할 생각이지? 어린

나이라 제한도 많을 텐데 말일세."

"두 가지를 할 생각입니다."

"어떤?"

"사업과 빈민구호."

"빈민구호라?"

"빈민구호는 나랏님도 어렵다는 말이 있다는건 저도 압니다."

"어렵지. 어린 친구 입에서 그 말이 나오니 더 의외군."

하워드 잭슨이 진혁을 뚫어지게 보면서 말했다.

"이미 회장님도 하고 계시지 않습니까? 저도 사업으로 사회발전에 이바지하고 그로 인해 번 돈을 빈민구호에 이바지 하고 싶습니다. 세상이 좀 더 공평해질 수 있도록 노력할 겁니다."

"기특하군. 단순히 돈만 벌려는 요즘 사람들과는 다르군."

"목표와 목적이 다른 거죠."

"그런 것도 알고 있군."

하워드 잭슨이 고개를 끄덕였다.

사업을 해서 돈을 번다는 것은 인생의 목표에 불과하다. 만약 목표만 가지고 세상을 살 경우 그 끝은 허망하기 그지없었다.

그 자신이 그랬다.

나이 60이 넘어서 인생의 목적을 만들고 난 이후 세상이 달라보였다.

그 자신의 삶이 달라 보이는 것처럼 말이었다.

그는 지금 현재 돈이라는 목표와 운석을 구입해 지구의 문명이 발전하는데 밑바탕이 되는 삶을 목적으로 삼고 살고 있었다.

"내가 60이 넘어서 깨달은 진리를 자네는 일찍이 알고 있군."

"요즘 애들이 워낙 영악하지 않습니까?"

진혁이 씩 웃어보였다.

"영악은 하지. 하지만 그것을 머리로 이해하지 가슴으로까지 이해하기는 어렵지."

"과찬이십니다."

진혁은 하워드 잭슨이 자신에게 관심이 많다는 것은 얼굴 표정만으로 알 수가 있었다.

"사업도 구상은 해두었겠지?"

하워드 잭슨이 예리하게 질문했다.

"탄광사업을 생각하고 있습니다."

"탄광이라. 돈이 꽤 들 텐데."

"일단은 시설이 오래돼 낙후되고 개발이 끝나 폐광된 곳부터 시작할 생각입니다."

"가능성이 그만큼 적어지는 건 알지?"

"인생이 예측불가인것처럼 탄광도 마찬가지라 생각합

니다. 지구의 땅은 우리가 알고 있다고 여기는 것 자체를 넘어서 놀라움의 연속이라 생각합니다."

"낭만적이군. 아직 때가 안 묻었군."

하워드 잭슨이 미소를 띠었다.

아직 진혁이 어린애는 어린애라고 여기는 듯 싶었다.

폐광 자체에서 나올 수 있는 광물이 얼마나 될까 싶었다. 전문가들이 괜히 전문가는 아니다.

돌다리도 두드려 보라고, 폐광을 하기 전까지 많은 전문가들이 동원돼서 폐광에서 나올 가치와 드는 비용을 대조해본 이후 내리는 결론이었다.

즉, 폐광의 가치가 거의 헌신짝과 마찬가지일 수밖에 없었다.

단물이 다 빠진 상태니깐 말이었다.

하워드 잭슨은 그것까지는 말하지 않았다.

아직 꿈을 갖고 있는 학생의 기를 죽이기는 싫었다.

"탄광 쪽만 할 생각은 아니 테지?"

하워드 잭슨이 매의 눈으로 쳐다보았다.

"물론입니다. 탄광을 시작에 불과합니다. 유적이나 유전은 대한민국부터 시작해서 세계 곳곳의 미개발되었거나 낙후된 곳을 철저히 조사해서 그들의 가치를 다시 되살려볼 생각입니다. 물론 새로운 곳도 개발해야겠지요."

진혁이 싱긋 웃으면서 말했다.

"유적과 유전 등이라……. 상당한 돈이 들걸세. 적어도 나 같은 사람은 돼야 제대로 된 사업을 할 수 있을 것으로 보네만."

하워드 잭슨이 진혁을 슬쩍 건드려 보았다.

"물론입니다. 제 나이 16살, 아직 제 미래는 밝습니다."

진혁은 일부러 자신의 나이를 거론하면서 말했다.

이정도면 하워드 잭슨도 진혁이 대통령이 꿈이다라는 포부를 가지는 보통 학생들처럼 사업에 대한 청사진 역시 그럴 것이라고 생각할 게 뻔했다.

진혁이 마법사라는 사실은 전혀 모르니깐 말이었다.

"그래그래, 포부가 클수록 좋지."

"감사합니다."

진혁이 웃었다.

하워드 잭슨도 호탕하게 웃었다.

오랜만에 느껴보는 신선함 때문이었다.

'나도 어릴 적에 저랬지.'

그는 진혁을 보면서 자신의 어린 시절이 떠올랐다.

큰 꿈을 가지고 뉴욕에 상경했을 때 겪었던 수많은 일들이 주마등처럼 흘러갔다.

세상을 알게 되고 온갖 진흙탕 속에 구르면서 인생의 기회를 잡았다.

철강.

"자네가 탄광 사업을 하게 된다면 나중 나와 거래해 주겠는가?"

"광물에도 관심이 있습니까?"

진혁이 웃었다.

"희귀한 것은 다 좋아하네. 운석만 기부하고 있지. 나머지는 다 내가 모아놓고 있다네."

하워드 잭슨이 솔직하게 말했다.

굳이 그가 진혁에게 이런 말을 할 필요는 없었다. 그럼에도 하워드 잭슨은 진혁에게 솔직하게 이런 얘기 저런 얘기를 나누고 있었다.

진혁과의 대화가 너무나 즐거웠기 때문이었다.

"대한민국 정부의 허가를 받게 되면 거래를 하죠."

진혁이 말했다.

하워드 잭슨은 가볍게 웃었다.

이 광경을 옆에서 지켜보고 있던 하워드 잭슨의 비서 다니엘은 진혁이 가잖다는 생각을 했다.

아직 탄광 사업을 한 것도 아니고, 폐광에서 희귀한 광물이 나올 가능성도 극히 드물었다.

그런데 마치 벌써 희귀광물을 캐낸 것처럼 진혁이 행동하는 듯 했다.

어린애는 어린애다.

다니엘은 진혁을 그렇게 생각했다.

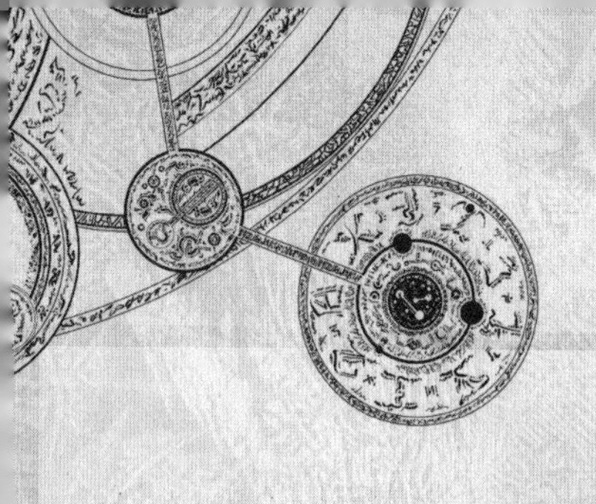

Return of the Meister

NEO MODERN FANTASY STORY

8. 반격

8. 반격

진혁은 구서명이 있는 지질학회로 향했다.

진혁이 왔다는 소리에 구서명은 만사 제치고 자신의 방으로 들어오게 했다.

“안 그래도 연락을 하려고 했네.”

그는 뻔뻔스러운 미소를 지었다.

“제가 기부한 운석에 문제가 있습니까?”

“그게 안타깝지만 석철 운석이 아니었네.”

“그렇습니까?”

진혁은 차분하게 반문했다.

“아쉽게 됐지. 그 29kg짜리 운석은 시장에 내다팔았다고 들었네.”

"소문이 빨리 돕니다."

"원래 이쪽 계통이 그렇지. 그쪽 애들도 대부분 판매자가 자네인줄 몰라. 나야 자네를 만나봤으니깐 그 29kg짜리 운석이 자네가 판것인줄 아는 거지."

구서명이 일부러 29kg짜리 진혁의 운석을 거론했다.

"네, 한 개는 기부했으니 한 개는 당연히 팔아야죠."

"그게 진짜였나 보군."

구서명이 아쉽다는 표정을 지었다.

진혁은 어이없어하는 표정을 지으면서 말했다.

"제가 운이 좋았단 말입니까?"

"그렇지. 운이지. 어떻게 우리한테 준 것은 가짜고 자네가 판 것은 진짜이니 말일세."

"……."

진혁은 그를 뚫어지게 쳐다보았다.

구서명은 자신도 모르게 얼굴이 화끈거렸다.

하지만 눈앞의 이 학생을 잘 달래서 돌려보내야 했다.

"운 좋은 것으로 마무리 하지. 나도 더 이상은 정부에 이렇다 저렇다 보고하기도 그렇고 말일세. 자네가 일부러 그런 것도 아니니 말이네."

"제가 기부한 것은 판 것과 똑같은 모양이 아니었습니까? 그런데 어떤 건 진짜고 어떤 건 가짜라는 게 이해가 되지 않습니다."

"그러게, 거참. 허허허."
"혹시 운석을 따로 어떻게 하신 건 아닙니까?"
"뭐라고?"
구서명이 자리에서 벌떡 일어섰다.
그의 얼굴이 새빨갛게 물들고 있었다.
"그렇지 않고는 도저히 납득이 안 됩니다."
"학회장인 나를 뭐로 보고!"
그의 언성이 높아졌다.
"전 사실을 말하고 있습니다."
진혁은 침착하게 말했다.
"사실? 내가 말해줄까? 사실이란 게 어떤 건지."
구서명은 진혁 쪽으로 다가왔다.
"자네가 여론에 노출되는 것을 막기 위해서 가짜를 우리에게 주고 진짜를 빼돌린 게 사실일세."
구서명의 목소리는 위협적이었다.
좀 전까지의 태도와는 전혀 달랐다.
아무래도 진혁의 태도로 보아 쉽게 자신의 말에 속을 것 같지 않다고 판단한 듯 싶었다.
"물론, 난 학생이 그런 짓까지 한다고 믿고 싶지 않네."
그는 진혁의 어깨에 손을 올렸다.
그의 손에 힘이 들어갔다.
약간의 위협을 진혁에게 가하기 위해서였다.

구서명은 암묵적으로 진혁에게 타협을 시도하고 있었다.

네가 판 29kg짜리 운석에 대해서 함구할 테니 자신이 소유한 30kg에 대해서 굳이 따지지 말라는 뜻이기도 했다.

진혁은 어깨를 으쓱대면서 말했다.

"제가 드린 게 진짜인데 묻어두란 말씀이십니까?"

"증거가 있는가?"

구서명이 비릿하게 웃었다.

"저희 집에 사진이 있습니다만."

"그거야 자네가 내다판 물걸일 수도 있지."

"그럴 수 있죠."

진혁은 품에서 사진 두 장을 꺼내들었다.

처음 사진은 하워드 잭슨 모습이 담겨있었다. 그의 옆에는 운석 두 개가 진열되어 있었다.

30kg짜리와 29kg짜리.

두 번째 사진은 진혁이 집에서 지질학회에 기부하기 전 찍은 사진이었다.

두사진에 나오는 운석 두 개는 똑같았다.

"하워드 잭슨에게 부탁해서 30kg짜리 운석을 어디서 매입했는지 알아내기도 쉽습니다."

진혁의 말에 구서명의 얼굴이 새파래졌다.

진혁은 차갑게 말했다.

"각서도 있지 않습니까?"

"각서? 무슨 각서?"

구서명이 새파랗게 질린 얼굴을 한 채 딴청을 부렸다.

한마디로 다잡아먹고 오리발이었다.

백억이 넘는 돈에 그가 환장한 셈이었다.

요즘 구서명은 노름빚에 쪼들려 있었다. 그는 최근 1,2년 동안 도박에 미쳐 있었다.

그것도 판돈이 엄청나게 큰 도박장이었다.

VIP 대접을 받는 것도 좋았고, 큰돈으로 판을 벌이다 보면 점차 작은 돈은 눈에 차지도 않았다.

그 때문에 그가 노름판에 진 빚은 상상을 초월했다.

빌린 돈 25억에 이자 25억.

말도 안 되는 숫자였다.

빌릴 때는 오로지 노름을 하고 싶다는 생각밖에 없어서 무조건 그들이 내민 종이에 사인을 한 것이 문제였다.

애초에 50억이란 돈이 그에게 있을 수가 없었다.

그곳에서 은밀한 제의를 해왔다.

그가 지질학회장이란 자리에 있었기 때문이었다.

중국에 있는 그들 조직은 한국에 까지 손이 뻗혀 있었다.

한국에서 거래되는 희귀한 광물이나 암석 등의 감정을 그가 해주고 그들이 말하는 대로 낮게 혹은 높게 말해야 했다.

하지만 언제까지 그들에게 잡혀 그런 일을 할 수는 없었다. 동료 학자들뿐 아니라 그의 제자들까지 점점 눈치 챈 듯 싶었다.

구서명이 이를 모를 리가 없었다.

그런데 그에게 기회가 왔다.

운석이 한국에 떨어진 것이었다.

사람들은 운석으로 보이는 암석을 주우면 지질학회에 문의하거나 직접 가지고 왔다.

구서명을 그들 모두를 일일이 친절하게 만나주었다.

그의 계획은 이랬다.

개중 진짜 운석이 있다면 바꿔치기 하는 것은 쉽다. 운석이 맞는지 확인 조사해야 한다는 핑계로 가져다가 똑같은 암석 하나 만들어서 되돌려주면 그만이었다.

그리곤 안타깝게도 운석이 아니라 그냥 지구상의 암석이라고 말하면 그만이었다.

대부분 사람들이 비전문가인 것을 생각하면 충분히 가능했다.

그들이 갖고 온 그들 중 단 하나만 진짜 운석이 있어도 구서명이 처한 상황이 해결되는 것이었다.

그런데 진혁이 제 발로 걸어 들어왔다.

그것도 제 입으로 운석을 익명으로 기부하겠다고 하지 않았던가.

그가 자신을 드러내는 것을 꺼려하니 구서명 자신만 입 닦고 씻으면 문제될 게 없어 보였다.

그런데 어린애가 이렇게 꼬치꼬치 자신의 일을 따지고 있었다.

생각지도 못한 변수였다.

그리고 하워드 잭슨과 운석들이 함께 찍힌 사진도 가지고 있었다.

이게 발각되는 날이면 자신이 추락하는 것은 시간문제였다.

단순한 추락이 아니었다.

학자들 사이에서 매장되는 것은 물론이고 정부에서도 그를 조사할게 뻔했다.

구서명의 머리에는 어느새 식은땀이 흘러내리고 있었다.

"애초에 각서라는 게 운석이 진짜일 경우에만 해당되지 않던가?"

구서명이 자신의 머리에 흐르는 땀을 닦으면서 말했다.

그는 자신의 앞에 앉아있는 상대가 어린애라는 것을 다행으로 여기는 듯 싶었다.

'말로는 안 되겠군.'

진혁은 이대로 구서명의 행동을 넘어갈 수 없다고 생각했다.

일단 그를 자극시키기로 했다.

욕심에 환장한 자이니 반드시 진혁의 도발에 넘어갈 것이었다.

"지질학회장이란 감투를 쓴 분이 뭔짓입니까?"

진혁이 질책하는 투로 구서명에게 말했다.

"어린애가 말이면 다인줄 아는군."

구서명이 진혁의 말에 화를 벌컥 냈다.

"기자회견이라도 벌 일겁니다."

"자네 얼굴이 팔릴 텐데. 자네가 판 운석에 대해서도 대서특필 될 거고."

구서명이 비웃었다.

그는 진혁이 자신에게 약점을 잡혔다고 생각하는 듯 싶었다.

"그거야 어쩔 수없죠. 사람들의 관심이 부담스러워서 익명을 원했던 거지. 이렇게 허무하게 운석을 뺏길 수는 없습니다."

"어리군."

"아직 16살입니다."

"좋게 가라고 할 때 가라."

"좋게 말할 때 운석을 원래대로 지질학회에 보관하시죠."

"대화가 안 되는군."

"저도 그렇게 느껴집니다. 이만 가보겠습니다. 이틀 시간을 드릴 테니 운석을 원래대로 갖다 놓으십시오."

진혁은 일부러 이틀을 강조했다.

❖

구서명은 진혁이 나가고도 한참 후까지 생각에 젖었다.

'각서쯤이야.'

각서는 석철 운석이 진혁의 기부라는 것을 증명하는데 도움이 되지 않는다.

많은 사람들이 운석의 진위여부를 가리기 위해서 지질학회를 찾기 때문이었다.

그것들중 거의는 가짜였다.

여차하면 가짜 하나 만드는 것은 그에게 일도 아니었다.

문제는 사진이었다.

처음 진혁이 사진을 꺼내들고 운석을 판 이를 쫓으면 자신을 찾을 수 있을 거란 협박을 했을 때 자신이 좀 더 침착하게 행동했어야 했다.

구서명은 자신의 행동을 후회했다.

워낙 예상하지 못했던 일이라 순간적으로 사색이 되고 말았던 것이었다.

그러나 사실 이 부분은 그다지 큰 걱정은 아니었다.

문제는 집요하게 운석을 팔고 돈을 받은 이를 추적하다

보면 결국 끝은 자신의 이름이 나올 게 뻔했다.

진혁의 태도로 보아 쉽게 넘어갈 것 같지 않았다.

아직 16살 밖에 되지 않은 애가 집요해도 무척 집요했다.

하워드 잭슨의 사진을 가지고 있는 것 보면 이미 30kg를 그에게 판 운석판매자의 이름까지 알고 있을 지도 모르는 정황이었다.

그 운석판매자를 쫓다보면 자신의 이름이 나오기 마련이었다.

그는 책상위에 있는 핸드폰을 노려보았다.

어쩔 수가 없다.

그 자신이 살기 위해서 말이었다.

그는 이내 굳은 결심을 한 모양이었다.

핸드폰에 대고 말하는 구서명의 목소리가 무척 떨리게 들렸다.

❖

다음 날, 진혁은 자신을 미행하는 사내가 있다는 것을 알아차렸다.

구서명의 짓일 것이다.

진혁의 도발에 그가 넘어온 셈이었다.

그러면서도 그는 기분이 씁쓸해지는 것은 어쩔 수가 없

었다.

'결국 이 방법인가?'

한국의 명망 높은 지질학회장이란 자가 이런 수를 쓴다는 것 자체에 환멸감이 느껴졌다.

이 환멸감은 김호식 교수의 배신을 알게 되면서부터 생겨났다.

물론 세상이 꼭 그런 사람만 있는 것이 아니란 것은 알고 있었다. 하지만 구서명 같은 자들도 세상 속에 섞여 있을 것이었다.

'일단은 지켜봐야겠지.'

진혁은 자연스럽게 행동을 했다.

"오빠, 돈가스 사줘!"

소희가 뛰어왔다.

뒤에 진명과 지혜도 이내 따라왔다.

셋이 작당을 하고 진혁이 수업이 끝날 때까지 기다린 모양이었다.

"소희, 너는 벌써 학교가 끝났을 텐데 집에 안가고 뭐했어?"

"피아노 학원 다녀왔어. 그리고 지금쯤이면 엄마도 집에 안 계실 건데."

소희가 새쭉한 표정을 지으면 말했다.

'그렇겠지.'

진혁은 더욱 씁쓸해졌다.

그가 불안했던 대로 기어코 외할아버지는 강남에 대형 음식점을 차렸다.

고기집이었다.

최근 외할아버지는 군복을 벗으셨다.

물론 교통안전관리공단이라는 곳에 사장으로 곧 취임하신다고 했다.

일종의 예우였다.

하지만 외할아버지 장성철은 이것으로 만족하지 않았다. 누군가 고집이 센 외할아버지를 설득시킨 모양이었다.

고기 맛의 최고비법인 소스를 넘겨주고 음식점 자체도 아주 싼 가격으로 넘겨받았다고 했다.

그렇다고 해도 강남이라는 지역에 대형음식점을 차린다는 것은 외할아버지가 평생 모은 전 재산을 투자했다고 볼 수 있었다.

애초에 진혁의 말은 귓등으로도 듣지 않았다. 음식점 보다는 지금 달러를 사시는 게 낫다고 몇 번 그가 조언했기 때문이었다.

표면적으로 외할머니가 음식점을 경영하기로 했다.

아직 60살이 채 안 된 외할머니 김정자는 열정이 대단했다.

그리고 자신의 딸인 장혜자를 합류시킨 것이었다.

물론 자본 투자는 전적으로 외가댁에서 하고 말이었다.

장혜자는 계산대를 봐주면서 매니저 역할을 하기로 했다.

외할머니가 신난 건지, 어머니가 신난 건지 잘 모르겠다. 아무튼 두 분이 정말 열정이 오를 데로 올라 있었다.

'두 분 다 바깥일을 전혀 안 해보셨으니.'

진혁이 걱정되는 것은 무리도 아니었다.

한편, 그만큼 자신들의 손으로 무언가를 한다는 것에 푹 빠진 것도 이해가 되었다.

고기 집을 넘긴 전 주인이 당분간 두 모녀를 도와준다고 하니 진혁으로선 더는 어쩔 수가 없었다.

'돈이나 더 벌자.

진혁이 내린 결론이었다.

분명 강남 대형음식점은 몇 달도 되지 않아 IMF의 직격탄으로 망할 게 뻔했기 때문이었다.

진혁 그 자신이 그것에 대비하면 그만이었다.

그는 어머니가 즐거워하는 모습을 보는 것으로 만족하자고 결심했다.

진혁은 동생들과 지혜를 돈가스 전문점으로 데려갔다. 그들이 맛있게 먹는 모습을 사랑스러운 눈길로 쳐다보았다.

"오빠는 왜 안 먹어?"

지혜가 돈가스를 입에 넣다말고 고개를 들고 쳐다봤다.

"니들 먹는 거 보니 배부르다."

"칫, 오빠 말투가 영락없는 노인네다."

"그런가?"

"응, 오빠는 가끔 노인네처럼 말해."

옆에서 소희가 끼어들었다.

'실제로 100살도 넘었으니.'

진혁은 자신도 모르게 피식 웃음이 나왔다.

"그래그래, 노인네가 노인네지."

"뭐라고?"

진혁의 중얼거림에 지혜가 반문했다.

'아차.'

진혁이 씨익 웃었다.

그리곤 자신의 앞에 있는 돈가스에서 한 점을 젓가락으로 집어 들어 지혜의 그릇에 내려놓았다.

"많이 먹어라. 너는 좀 살쪄야지."

"아무리 먹어도 안 쪄."

지혜가 다행히 화제를 넘어갔다.

지금 지혜의 최대 고민은 살찌는 것이었다.

그녀는 먹어도 찌지 않는 체질이었는데, 단순히 안찌는 정도가 아니라 너무 말랐기 때문이었다.

진혁의 입장에서는 지혜가 그런 걸로 고민하는 것이 오히려 다행으로 여겨졌다.

소희와 진명과 어울리면서, 중학교를 다니면서 지혜는 여느 중학생처럼 점점 변하기 시작했다. 미모에 관심도 가질 줄 알고 연예인들 사진이 찍힌 책받침도 사는 등 여타 아이들과 다를 바가 없어졌다.

"좀 있으면 찔 거야. 원래 살이란 게 때가 되면 빼고 싶어도 못 빼거든."

진명이 옆에서 위로하듯이 말했다.

"그런가? 나도 찌겠지."

지혜가 진명을 향해서 웃었다.

진명의 볼이 붉어진다.

그 광경을 진혁은 흐뭇하게 쳐다보았다.

"난 살찔까 걱정이야. 어휴."

소희가 옆에서 한숨을 쉰다.

그러면서도 연신 포크를 내려놓을 생각이 없다.

"오빠, 나 이거 더 먹어도 돼?"

소희는 진혁의 돈가스를 쳐다보면서 말했다.

"많이 먹어. 부족하면 또 시켜줄게."

"와! 울 오빠 최고다."

소희가 해맑게 웃었다.

◇

덜컹 덜컹.

진혁은 차 트렁크 속에 누워 있었다.

그의 양손은 뒤로 묶여져 있었고 발목 역시 묶여져 있었다. 진혁은 지금 누군가에 의해서 강제로 끌려가고 있었다.

그런데도 그는 아무런 반항도 하지 않고 그저 조용히 있을 뿐이었다.

아니 오히려 이 상황을 즐기는 것처럼 보였다.

그는 트렁크에 누워서 오늘 있었던 일을 떠올렸다.

낮에 동생들과 돈가스를 먹은 이후 진혁은 집으로 향했다. 동생들이 집으로 들어가는 것을 확인 후 그는 일부러 관악산으로 향하는 척 했다.

물론 동생들에게도 큰 소리로 관악산에 등산 좀 하고 오겠다고 했다.

'동생들이 따라오는 것을 막는 게 더 어려웠지.'

그는 동생들 생각에 미소가 절로 났다.

늘 진혁이 가는 곳을 따라가겠다고 우기곤 했기 때문이었다.

등하교도 꼭 함께할 정도였다.

어쨌거나 어렵게 동생들을 따돌리고 그는 관악산 쪽으로 향했다.

이렇게 일부러 행선지를 밝힌데 는 이유가 있었다. 자신을 미행하는 자 들으라는 소리였다.

사내는 진혁이 관악산으로 간다는 소리에 일이 잘 풀린다고 생각했다.

은밀하게 진혁만 납치하기가 여건 어렵지 않았기 때문이었다.

그런데 알아서 제 발로, 그것도 저녁에 관악산으로 가주니 일이 수월해졌다.

그렇게 진혁이 관악산을 올랐다.

매화당 쪽으로 유인을 했다.

'저 놈이 아주 죽으려고 환장을 했군.'

사내는 일이 쉬워진 것을 매우 좋아했다.

진혁이 막 인적이 드문, 매화당에 도착했을 때였다.

"꼬마가 제 발로 날 이리로 끌어들이는군."

진혁을 미행했던 사내였다.

'제법 힘깨나 있는 자를 고용했군.'

진혁은 사내를 쳐다보았다.

키는 170cm 간신히 넘어보였다. 하지만 그의 덩치만 보면 결코 작은 느낌이 들지 않았다.

몸에 달라붙은 티셔츠를 입어서 그런지 상반신에서 근

육이 울퉁불퉁 솟아나 있을게 보였다.

아마도 자신의 힘을 과시하고 싶었나 보다.

그자의 양팔에는 용문신이 새겨져 있었다.

정말이지 힘깨나 쓴다는 애들은 왜 죄다 용문신을 새기는지.

진혁은 그 문신에 주의했다.

그전에 본 문신과는 전혀 달랐다.

사내의 양팔에 새겨진 용의 꼬리 부근에 대룡이라는 한자가 보였다.

'대룡? 무슨 조직폭력단인가?'

진혁은 생각했다.

"꼬마야, 날 원망하지 마라."

그런 진혁을 향해서 사내가 말했다.

"웬 원망?"

진혁은 무덤덤하게 말했다.

"누가 널 좀 죽여 달란다."

"흠."

진혁은 청부살인을 받고 왔다는 사내의 말에도 조금도 미동이 없었다.

아니, 얼굴 표정조차 눈 하나 까딱하지 않고 침착했다.

사내는 진혁의 태도에 흠칫 놀랐다.

그가 보기엔 진혁은 아직 어리다.

그런데 청부살인을 받고 왔다는 그의 말에도 시종 침착했다.

사실 진혁을 죽여 달라는 부탁을 받았을 때, 상대가 아직 중학생에 불과한 것을 알고 내심 꺼림칙스럽긴 했다.

그런데 진혁을 마주 대하니 결코 어린애가 아니란 느낌마저 일고 있었다.

"앤, 뭐지?"

사내는 생각했다.

아주 위험하다.

그의 본능이 그렇게 말하고 있었다.

10대부터 싸움판에 뛰어든 그였다.

그렇게 20년간 잔뼈가 굵었다.

웬만하면 상대의 급소 정도는 눈감고도 알 수가 있었다.

그런데 눈앞의 소년에겐 아무런 허점을 찾아낼 수가 없었다.

이게 말이 안 된다.

진혁은 그저 조용히 사내를 쳐다볼 뿐이었다.

사내는 품속에서 회칼을 꺼내들었다.

휘이익. 휘이익.

그는 진혁을 겁주기 위해서 일부러 회칼을 허공에 대고 휘둘렀다.

"덤비시지."

진혁은 그의 행동에 아랑곳 하지 않고 말했다.

“겁이 없군. 그러다 다칠 수가 있다!”

사내는 말을 마치는 동시에 진혁 쪽으로 도약했다. 그리고 진혁의 가슴이 있는 곳이라고 생각되는 곳을 향해서 회칼을 휘둘렀다.

타락.

크악!

사내의 비명소리가 터져 나왔다.

그는 지금 이 상황이 이해가 되지 않았다.

자신이 휘두른 회칼은 어느새 땅 밑에 떨어져 있었다. 자신의 손목은 진혁에게 잡혀있었고 말이었다.

진혁이란 애는 한손으로 칼을 든 자신의 손목을 잡고 다른 한 손으론 자신의 복부를 가격했다.

그 동작이 너무도 빨라서 사내가 미처 볼 새가 없었다.

게다가 아팠다.

너무도 아팠다.

눈앞이 빙글 빙글 돌면서 참새들이 따라 도는 것처럼 보였다.

“어…떻게… 이럴 수….”

사내는 더는 말을 잇지 못했다.

그대로 기절했기 때문이었다.

◇

사내는 우악스럽게 진혁을 트렁크에서 꺼냈다.

그리곤 회칼을 들어 진혁의 얼굴에 바짝 댔다.

"꼬마야, 반항하지 말고 따라와라."

진혁은 가만히 고개를 끄덕였다.

입을 막아놓은 까닭에 말을 할 수 없었기 때문이기도 했다.

사내는 그런 진혁의 팔을 억세게 잡고서는 구서명과 만나기로 한 곳으로 향했다.

경기도 화성. 인적이 드문 창고였다.

사내가 진혁과 함께 창고 안으로 들어서자, 구서명의 모습이 보였다.

그의 모습은 매우 초조해보였다.

"저 애는 죽여서 데려오라 하지 않았는가?"

구서명이 인상을 쓰면서 나타났다.

"그럴 수도 있긴 합니다만 돈을 더 주시면 고려해보죠."

사내가 능글맞은 웃음을 띠면서 구서명에게 말했다.

"자네 조직에서는 그런 말이 없었는데."

"애가 그럽니다. 운석 어쩌고저쩌고 하던데요?"

"흐음."

구서명은 입술을 깨물었다.

"저 애가 그렇게 말하던가?"

"당연한 거 아닙니까? 자신을 죽이러 왔으니 당연한 것 아닙니까? 애가 제법 똑똑하지 싶습니다."

사내가 희번덕거리면서 말을 이어나갔다.

"어쩐지 애를 유인해서 무조건 바로 죽이라고 하는데는…… 거참 욕심도 많으십니다."

사내가 구서명을 비꼬듯이 말했다.

"애 말을 믿는가?"

구서명이 발악했다.

"애가 죽기 싫어서 그럴 수도 있겠습니다만 굳이 당신 같은 분이 저 애를 죽일 이유도 없잖습니까?"

사내의 말이 제법 그럴싸했다.

그제야 구서명은 더는 사내에게 속일 수 없다는 것을 알았다.

이윽고 그가 말했다.

"얼마나 더?"

"운석을 판 대금이 백억도 넘는다는데 그걸 혼자 삼킬 생각은 아니겠죠?"

"조직에 50억을 갚기로 했다고."

"그거야 조직하고의 일이죠."

"자넨 조직에 속해있지 않는가?"

"그러게요. 이젠 슬슬 조직이 지겹습니다. 저도 따로 한

살림 차려서 나갈 나이는 되었죠."

"조직을 배신할 생각을 하다니……."

구서명의 얼굴이 더욱 찌푸려졌다.

"10억."

구서명이 말했다.

"운석을 판돈이 백억이 넘는데 겨우 10억라니요?"

사내가 고개를 저었다.

진혁은 여전히 요동도 하지 않고 가만히 두 사람의 대화를 듣고 있었다.

저 자들은 지금 자신을 죽이는 일로 돈을 흥정하고 있었다.

"20억, 더는 줄 수없어. 중개인에게 돈을 뜯기고 100억밖에 없어, 그중 50억은 조직에 줘야해."

구서명은 애원을 하다시피 말했다.

"조직에 50억을 주지 않으면 난 어떨게 될지 몰라."

구서명의 말은 사실이었다.

지질학회장인 자신의 이름으로 운석을 팔수는 없었다. 그러다보니 자연히 돈세탁할 수밖에 없었고 여러 경로를 거칠 수밖에 없었다.

그의 수중으로 떨어지는 돈은 100억 정도였다.

처음 130억 정도의 돈에서 많이 이리저리 뜯긴 셈이었다. 물론 그 돈도 적은 건 아니었다.

“30억 주시면 지금 당장 보는 앞에서 죽여 드리겠습니다.”

사내는 회칼로 진혁의 목을 긋는 시늉을 했다.

구서명은 짜증이 일었다.

“25억. 조직에 50억 주고 나면 남는 돈이 50억일세. 그것으로 자네와 내가 반발하는 걸세.”

사내가 구서명을 쳐다보았다.

구서명이 긴장된 얼굴로 사내의 입을 뚫어지게 쳐다보았다.

“좋소.”

이윽고 사내가 말했다.

“당장 죽이게.”

구서명은 시선을 외면하면서 말했다.

차마 사람을 죽이는 것으로 똑바로 쳐다볼 배포는 없었다.

휙.

공기를 가르는 날카로운 칼의 소리가 들려왔다.

으악!

동시에 비명소리가 났다.

그런데 익숙한 소리다.

진혁의 목소리는 절대 아니었다.

구서명이 고개를 돌렸다.

진혁이 기절을 한 구서명의 등을 밟고 있었다.

"이…… 이게 다!"

"참 안 됐습니다."

"네놈이, 네…놈이."

구서명의 목소리는 부들부들 떨려있었다.

"전부 다 녹음했습니다."

진혁은 자신의 품안에서 녹음기를 꺼내들었다.

"이럴 수가… 이럴 수가……."

구서명은 당황했다.

하지만 이대로 저 꼬마를 내버려둘 수는 없었다.

그는 손이 닿는 대로 아무거나 쥐어들었다.

굵은 막대기였다.

그는 진혁을 향해서 휘둘렀다.

획익.

휙.

야구방망이는 허공을 향해 처절하게 움직일 뿐이었다.

"아저씨, 끝났어요."

진혁은 차분하게 말하면서 구서명의 목덜미를 향해 손날을 내려쳤다.

잠시 기절을 시키기 위해서였다.

진혁은 구서명의 품속에 있던 핸드폰을 꺼내들었다.

"저 진혁입니다. 이곳으로 와보셔야 겠습니다."

진혁은 기절한 사내를 내려다보았다.

관악산에서 기절한 사내에게 잠시 스피리츄얼, 정신마법을 걸었다.

사내는 진혁이 그의 무의식에 세뇌시킨대로 바로 진혁을 죽이기보다 구서명에게 데려가 돈을 더 달라고 흥정했다.

진혁이 그렇게 번거로운 수고를 한 것은 구서명을 확실히 잡아 넣기 위해서였다.

❖

진혁의 전화를 받은 박정원은 급히 요원들과 경찰을 급파했다.

진혁은 그 다음 날 안기부로 향했다.

박정원을 직접 만나기 위해서였다.

진혁은 박정원을 직접 만나서 자신의 입으로 사건 경위에 대해서 설명하고 싶었다.

아무래도 박정원은 진혁 자신에 대해서 의문이 들게 뻔하기 때문이었다.

최대한 납득할 수 있도록 그의 의문을 풀어주어야 했다.

그리고 그 자신이 몇 가지 알아볼 일도 있었다.

박정원은 진혁의 설명을 들으면 들을수록 놀라워했다.

그의 입장에서는 그럴 수밖에 없었다.

태백산에서 운석을 운 좋게 주운 것도, 그리고 지질학회장인 구서명과 얽힌 일도 모든 게 놀라울 뿐이었다.

아니, 운좋다라는 것 자체에 의심이 갈 지경이었다.

조성진의 대화를 운 좋게 엿들었다는 것만으로도 충분히 이상하다는 생각을 하고 있던 박정원이었다.

그런데 이번에는 운석이란다.

한 개도 아닌 두 개씩이나.

그 일로 납치까지 당하고도 이렇게 살아 돌아왔다.

"그런 일이 있었으면 나한테 먼저 얘기하지."

박정원이 모든 얘기를 다 듣고 한마디 했다.

"안 그래도 말씀드리려고 했는데……그 자가 먼저 손을 써서 절 납치하는 바람에."

"클날뻔 했다."

"그러게요."

진혁이 가슴을 쓸어내리는 척 했다.

"그 자가 돈 때문에 방심하지 않았더라면."

진혁은 일부러 박정원 앞에서 몸서리를 치는 척 했다.

그는 자신을 납치한 자가 구서명과 돈을 흥정하는 사이에 밧줄을 풀었다고 진술했다.

그리고 그가 방심하는 틈에 온 힘을 모아 단 한방을 노렸다고 했다.

그게 운 좋게, 정말 천운이 도와 먹혔다고 했다.

사내는 기절했고, 구서명같은 자는 제압하는 것은 쉬웠다.

"녹음기는 어떻게 가지고 간 것인가?"

박정원은 이 부분이 가장 궁금했다.

정황을 보면 구서명이 자신을 납치할 것을 이미 알고 녹음기를 몸에 부착해놓은 것 아니면 설명할 방법이 없었다.

아니, 어쩌면 녹음보다 더 큰 판을 계획하고 구서명이 스스로 죄를 자백하게 만들어놓은 듯했다.

물론 이건 어디까지 가정이었다.

이제 겨우 16세 소년에 불과한 진혁이 그런 대담한 계획을 짰으리라고는….

'저 애라면 가능하지 않을까?'

솔직히 박정원은 그런 의심마저 들었다.

그의 눈앞에 소년은 절대 평범하지 않다라는게 그의 직감이었다.

"그날 집에 있을 때 차고 나갔던 거죠. 만약을 대비해서 말입니다."

진혁이 별거 아니란 식으로 대답했다.

"만약을 대비해서라…."

박정원은 고개를 끄덕였다.

그는 생각에 잠시 잠겼다.

진혁은 애초에 사내가 자신을 노리고 있다는 것을 안셈이다.

'이 애에게 뭔가가 있다.'

안기부 요원으로서 박정원의 오랜 감이 그렇게 자신에게 말하고 있었다.

박정원은 진혁을 당분간 지켜보기로 결심했다.

눈앞의 소년은 알면 알수록 놀라웠다.

마치 모든 일이 일어날 것으로 알고 있는 것처럼 판을 짜고 있었다.

자신은 그저 그 판 속에서 그가 원하는 대로 움직여주는 역할인 셈이었다.

'어떻게 이럴 수가 있을까?'

박정원은 진혁을 자세히 쳐다보았다.

"운석에 대해서도 뉴스가 나가겠죠?"

진혁이 물었다.

"그렇지. 네 이름이 흘러나가지 않도록 지시 했다."

"감사합니다."

"거액의 돈을 벌었다고 하더라도, 납치당하고 죽을 뻔했는데 그 정도 보호는 국가에서 해줘야지."

"맞습니다. 저 꽤 무서웠습니다."

진혁이 또한번 몸서리치는 척 했다.

"아서라, 어른스러운 말투에 안 어울린다. 내가 널 모를 것 같니?"

박정원이 씩 웃었다.

"눈치 챘습니까?"

"네가 그런 일에 겁먹지 않는다는 건 이미 알고 있다. 네 심장이 꽤나 강철인가 보다. 어린나이에 그런 일을 겪고도 늘 침착하니 말이다."

박정원이 보는 진혁은 그런 모습이었다.

자신에게 아이답게 행동하려고 애쓰는 흔적은 보였다. 하지만 진혁에게 보이는 게 다는 아니란 것쯤 그도 알고 있었다.

"그래도 뉴스에 보도되다보면…. 만일의 사태에, 네 실명이 흘러나갈 수도 있다."

박정원이 솔직하게 말했다.

이번엔 꽤 많은 사람들이 이 사건에 진혁이 있음을 알고 있었다.

사건의 경위를 수사하다보면 어쩔 수가 없는 일이었다.

일단 기자들에겐 진혁의 실명은 빼고 브리핑 했다. 문제는 집요한 기자들이 우주공간에서 떨어진 30kg이나 나가는 운석 2개를 거머쥔 행운의 소년에 대해서 관심이 많을 수밖에 없다는 것이었다.

게다가 운석에 눈이 먼 지질학회장의 살인청부.

그로 인해 죽을 뻔하다 극적으로 살아난 소년.

얼마나 관심이 큰 사건인가.

게다가 요즘 기업체들의 부도사태가 연일 보도되고 있었기 때문에 새로운 화젯거리가 필요했다.

위에서도 암울한 뉴스 말고 사람들의 관심을 끌만한 재밌는 화젯거리를 찾아오라고 난리를 치지 않은가.

기자들이 진혁의 이름을 알아내는 것은 시간 문제였다.

물론 박정원도 내부의 입단속을 철저히 하리라.

진혁으로서는 자신의 이름이 안 밝혀지면 좋고, 밝혀지더라도 딱히 걱정되지는 않았다.

"쩝, 그보다는 운석 2개가 외국으로 흘러 나간 게 아쉽습니다."

진혁이 머리를 긁적였다.

"어쩔 수 없지. 인간의 욕심이 부른 화근인데. 그나마 운석들 중 하나는 세계지질학회로 갔으니 학문적 연구는 계속 진행되겠지."

"그래도 한국 학자들은 애로사항이 있겠죠."

진혁이 말했다.

박정원도 그 말에 고개를 끄덕였다.

"그렇지, 자국에서 발견되고도 외국에 굽실거리면서 운석을 연구해야 한다는 게 기가 막히네."

"제가 상황을 더 빨리 눈치 챘어야 하는데."

진혁은 진심으로 아쉬워했다.

그렇다고 하워드 잭슨에게 자신이 판 운석이라도 돌려달라고 부탁할 수도 없었다.

그렇게 되면 자신의 수중에 들어온 돈 외에 중개인과 백곰의 몫도 돌려주어야 했다.

물론 그들을 설득해서 돌려준다고 해도 하워드 잭슨이 되돌려줄지도 의문이었다.

진혁이 그 문제로 망설이는 사이에 하워드 잭슨이 출국해버린 것이었다.

'반드시 성공해서 되찾자.'

진혁은 주먹을 꽉 쥐었다.

그는 하워드 잭슨이 세계지질학회에 30kg짜리 운석은 기부하고 29kg짜리 운석은 그 자신이 가지고 있다는 것을 알고 있기 때문이었다.

언젠간 진혁이 성공을 한 뒤에 그를 찾아가 그 운석만이라도 되찾아오겠다고 다짐했다.

"그게 어떻게 네 탓이겠니? 구서명 같은 작자가 판치는 이 세상 탓이지."

박정원이 진혁의 머리를 쓰다듬는다.

'아오!'

진혁의 눈썹이 꿈틀거렸다.

"아차, 머리 쓰다듬는 거 싫어하지? 내가 실수했다."

박정원이 눈치를 채고는 사과했다.

"아, 아닙니다."

진혁이 말로는 그러면서 한손으로는 자신의 머리를 매만졌다.

"돈은 관리를 잘해라. 노리는 자들이 많아질지도 모른다."

박정원이 진심으로 염려하는 목소리로 말했다.

"안 그래도 사업하나 해보려고 합니다."

"사업?"

박정원이 염려스러운 눈빛으로 보았다.

애는 애인가보다.

친척중 누군가 진혁이 큰돈을 만졌다고 하니 꼬드겼을 거라고 그는 생각했다.

"걱정 마십시오. 당장 벌일 생각은 없습니다. 지금 우리나라 경제상황도 많이 안 좋지 않습니까?"

"알고는 있구나."

박정원의 얼굴이 어두워졌다.

요즘 그로 인해서 안기부 쪽에도 지원이 대폭 감소된 까닭이었다.

할 일은 많고 지원은 따라가지 못하는 형국이었다.

"폐광 쪽을 생각중입니다. 다만 1, 2년 후에 말입니다."

진혁이 씩 웃었다.

"폐광이라…. 좋은 생각은 아닌 듯하다."

박정원이 말했다.

아니, 박정원뿐만 아니라 누가 들어도 폐광은 그다지 승산이 없어 보였다.

"아직 시간이 있으니 조언 귀담아 듣겠습니다."

진혁이 말했다.

박정원은 진혁의 대답에 다소나마 마음이 놓이는 듯싶었다.

"혹시라도 누가 사업하자고 하고 그러면 나에게 말해라. 내가 그 사람에 대해서 조사해 줄 테니."

박정원은 진심이었다.

"그렇게 까지 신경써주셔서 감사합니다."

진혁은 박정원의 마음씀씀이가 너무도 감사했다.

"그래, 네가 직접 이렇게 말해주니 고맙구나."

박정원도 미소를 지었다.

"그리고, 또 여쭤볼 것도 있습니다."

"말해도 된다."

"아버지 건은 어떻게 되었습니까?"

"아무래도 시간이 걸릴 듯싶다."

진혁은 말없이 박정원의 말에 고개를 끄덕였다. 그 자신도 내심 그러지 않을까 하는 생각이 들었기 때문이었다.

"솔직하게 말하면 너희 아버지 행적을 전혀 찾을 수가 없다. 초기에 북한 평양호텔에서 내 부하요원들을 목격했다는 보고만 있다. 네 아버지 소재도 그쯤 어디에 있을 거라고 우리는 생각했다. 그런데 그 이후 너희 아버지뿐 아니라 부하요원들의 행적도 전혀 모르겠다."

"……."

박정원은 진혁의 얼굴을 한번 쳐다보더니 계속 말을 이었다.

"내 생각은 이렇다. 이번 베트남 항공 건을 보면 최첨단 무기가 관련이 있다. 너희 아버지에게 그들에게 협박당할 만한 신기술이 있는 듯싶다."

"네."

"전에 네 동생을 강제로 데려가려고 했던 것을 보아, 그들이 너희 아버지의 협조를 위해서 벌인 사건이라고 추정된다. 그 이후 너희 가족에 대한 위협이 전혀 없다는 점을 보아 너희 아버지가 협조에 응하지 않았나 싶다. 애초에 너희 가족을 빌미로 협박해 너희 아버지가 두 요원을 따라간 듯하다는 게 우리 쪽 생각이다."

박정원은 예전 임정재박사가 영재원에서 데려가는 거라면서 진명을 데려가려고 했던 사건을 언급했다.

임정재박사 역시 북한에서 협박해서 할 수없이 벌였던 사건이라고 유서에 써놓고 자살하지 않았던가.

"조성진은요?"

진혁은 혹시나 싶은 기대에 조성진의 이름을 거론했다.

현재 박정원의 말로 보면 전부 다 북한의 소행으로 일단락 되는 셈이었다.

그야말로 그들은 북한이라는 하수인을 내세워 꼬리를 자르고 도망가는 셈이 아닌가.

"그러게, 나도 역시 조성진이 미궁이다. 북한 측에서 베트남 사건은 우리 측 자작극이라고 우기고 있다. 물론 그들이 얼마 전 대한항공 사건도 우리 측 자작극이라고 우기는 것은 마찬가지지만 말이다. 원래 그러니깐."

박정원이 쓴 미소를 지었다.

북한에서는 늘 일을 벌이고 나면 무조건 남한 측 음모라고 잡아떼었다.

그야말로 눈 가리고 아웅 이었다.

"베트남 항공에 한국인이 절반 가까이 되는 것으로 보면 북한 측이 테러를 벌였을 거라고는 생각은 들지만……."

"들지만?"

진혁은 박정원의 입을 보았다.

"조성진 그자는 뭔가 석연치 않다. 신분이 완벽하게 세탁되어 있어 아직까지 과거 신분을 알 수는 없지만, 북한 측에서 내려 보낸 공작원이기에는……."

"저도 이상하다고 여겨집니다."

진혁의 말에 박정원은 문득 아차 싶었다.

그동안 진혁의 활동은 놀라웠다.

그래도 애는 애다.

박정원 자신이 진혁 앞에서 이런 얘기를 떠벌려서는 안 된다.

그로서는 진혁의 아버지 납치 건에 대해서만 진혁이 안심을 할 만한 이야기를 해주어야 했었다.

그런데 말하다보니 어느새 자신의 생각까지 너무 깊이 이야기했다.

"내가 너무 말이 많았구나. 너는 공부에만 전념해라. 현재 상황으로 보아 그들이 너희 아버지의 협조를 얻었다면 그동안은 너희 가족이 안전하겠지."

"저희가 안전한 게 문제가 아니지 않습니까? 아버지가 납치당해서 연구를 하고 계시다면……."

"그건 맞는 말이다. 하지만 네가 이렇게 안달복달한다고 사태는 해결되지 않는다. 내가 약속하마. 지금도 너희 아버지를 납치해간 자를 찾아내려고 밤을 새우는 요원들이 많다. 우리를 믿어다오."

"정말 믿어도 됩니까?"

"그래, 너희 아버지 행적을 파악하는 대로 그곳이 북한이든 제3국이든 달려가 반드시 구출해오겠다."

박정원의 목소리엔 힘이 들어가 있었다.

진혁은 안심이 되었다.

지금 현재 모든 꼬리가 잘려 있다.

박정원에게 마법진이나 마법사에 대해서는 말할 수가 없었다.

그러다보니 오로지 북한 측 소행이란 추정만 있었다. 하지만 진혁은 북한 측을 하수인으로 쓰는 흑마술을 쓰는 거대조직이 있다는 것을 알고 있지 않은가.

그렇다면 그들이 북한뿐만 아니라 한국 측에도 손을 쓸 수가 있었다.

상부의 힘으로 박정원에게 충분히 압력을 가해서 이 사건에 손을 떼게 할 수도 있다.

아니 박정원 자체가 그들에게 포섭될 가능성도 있었다.

그런데 박정원의 말을 들어보니 적어도 안기부까지는 포섭되어있는 것은 아니었다.

진혁은 박정원이 진실을 말하고 있다는 것을 알고 있었다. 만일을 대비해서 김호식 교수처럼 실수하지 않기 위해서 거짓말을 탐지해낼 수 있는 마법을 박정원 몰래 시현해 놓았다.

그에게 사건에 대해서 꼬치꼬치 캐물었던 것도 거짓말 탐지를 위해서 였다.

그에게 미안한 일이었지만 진혁으로서도 어쩔 수가 없었다.

아버지의 생사가 달린 문제니깐 말이었다.

아울러 진혁은 박정원이 말속에서 북한 측 뿐 아니라 제

3국을 의심한다는 정황도 느낄 수가 있었다.

그로서는 다행일 수밖에 없었다.

박정원에게 직접 마법사가 속해있는 거대조직이 배후라고 말할 수는 없었다.

이미 한번은 조성진 사건 때 넌지시 말한 적도 있었다.

계속 악마조직, 피의 제물 어쩌고 떠들면 박정원이 진혁을 신뢰하지 못할 게 뻔했다.

차라리 상황을 보아가면서 진혁이 지금처럼 몰래 해결하거나 돕는 것이 낫다고 여겼다.

'박정원과 계속해서 긴밀한 연락을 취해야겠군.'

진혁은 박정원을 힐끔 보면서 생각했다.

그가 던지는 조그마한 단서도 진혁의 입장에서는 큰 단서가 된다.

그 이후는 자신이 몰래 나서면 된다.

진혁은 아랫입술을 깨물었다.

"그러니 안심하고 집에 가서 어머니 잘 보살펴 드려라."

박정원이 말했다.

"알겠습니다. 그런데… 저어. 또 하나가."

진혁이 망설였다.

"말해보거라."

"여자애 옷 말입니다."

"아."

박정원이 무슨 말인지 알았다는 듯이 신음소리를 냈다.

진혁이 납치되어 차 트렁크 속에 있었을 때 보았던 피 묻은 여자애 옷 때문이었다.

"저처럼 납치된 애입니까?"

"그렇구나. 서유혜라고 7살짜리 여자애다."

"그럴 수가."

진혁은 탄식했다.

박정원 역시 이맛살이 찌푸려졌다.

그 자신도 7살의 딸이 있지 않는가.

어린애를 납치하고 청부살인까지 저지르는 조직폭력배들의 잔인함에 치를 떨었다.

하지만 진혁이 괜한 소용돌이에 휘말리는 것은 그도 사양이었다.

그는 일부러 강경한 목소리로 진혁에게 말했다.

"다행히 여자애 옷에 묻은 피는 코피 라더구나. 지금 경찰에서 대대적으로 수사 중이다. 그러니 너는 걱정 말고 집에 있어라. 희소식이 생기면 내가 제일 먼저 너에게 알려줄 테니."

"감사합니다."

"그나저나 넌 큰일을 여러 번 당했다. 그 여자애의 경우 삼일째 실종상태였었다고 하더구나. 네가 단서를 준 셈이다. 그것만으로도 아주 잘했다."

"그자가 속한 조직폭력단이 있는 것 같은데……."

진혁이 말했다.

"아서라. 넌 그만 관심 갖고 집에 가라. 너를 못 믿는 것은 아니지만 이런 일은 경찰 소관이다. 여차하면 나도 요원들 시켜서 도울 테고 말이다. 너마저 무슨 일이 일어나면 너희 어머니는 어떻게 되시겠냐? 동생들은 어떻고? 그러니 제발 사건에 끼어들지 조용히 지내거나."

박정원이 펄쩍 뛰며 말했다.

"그, 그렇긴 하죠."

진혁이 머쓱한 웃음을 지었다.

'서유혜라……'

진혁은 박정원이 의심하지 않도록 자리에서 일어섰다.

하지만 그의 머릿속에는 서유혜를 어떻게 찾을 방법을 생각하느라 빠르게 회전되고 있었다.

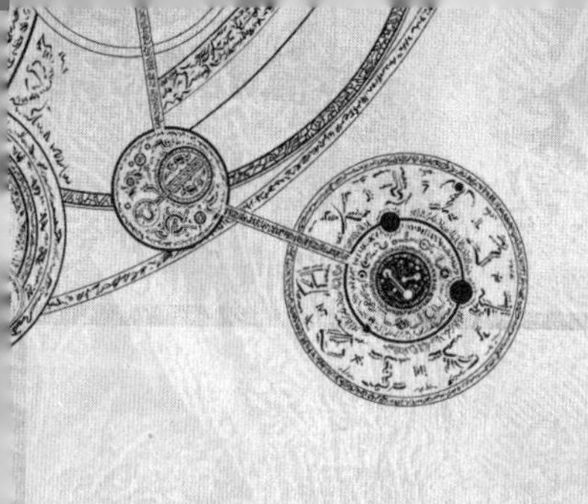

Return of the Meister

NEO MODERN FANTASY STORY

9. 서유혜를 찾아라

9. 서유혜를 찾아라

'서유혜라…….'

진혁은 동생들과 학교에 등교하고 있으면서도 내내 서유혜에 대한 생각을 떨칠 수가 없었다.

그 자신의 책임감도 느껴졌기 때문이었다.

이제 겨우 7살 난 여자애.

박정원과 헤어진 후 몇 가지 조사를 해보았다.

이틀전 집 근처 놀이터에서 놀다가 행방불명이 되었다고 했다.

그 뒤로 아무런 소식도 없었다.

납치로 추정했지만, 돈을 가져오라는 협박도 없었다.

그로 인해 가족에 대한 개인적인 원한이거나 우발적인

납치라고 보고 있었다.

그런데 진혁이 대룡이라는 조직폭력단 소속 조직원의 차 트렁크 속에서 피묻은 여자애의 옷을 발견했다.

그로 인해 수사는 사업을 하고 있는 여자애의 아버지와 조직폭력단간의 알력싸움으로 초점을 맞추고 수사방향을 잡았다고 했다.

뉴스에서는 여자애의 납치가 대룡조직폭력단과 관련 있을 것으로 보고 경찰에서 대대적으로 검거작전중이란 기사가 흘러나오고 있었다.

하지만 뉴스 기사 중 단연 으뜸인 화젯거리는 구서명이 빼돌린 운석이야기였다.

그는 익명으로 기부한 운석을 빼돌린 것으로도 부족해서 익명으로 기부한자의 입을 막기 위해서 청부살인까지 했다고 나오고 있었다.

'다행이군.'

진혁으로선 자신의 실명이 거론되지 않는 것이 고마웠다. 박정원의 배려이었다.

하지만 박정원과 만났을 때 전해들은 것처럼 언제 자신의 이름이 밝혀질지는 모르는 일이었다.

'그건 그때 얘기고.'

진혁은 지금 당장 서유혜를 찾고 싶었다.

이상하게 납치된 어린애를 찾아야 겠다는 강렬한 끌림

이 생겼다.

더구나 우연인지 몰라도 그 여자애의 집은 서울 봉천본동이었다.

진혁의 집과는 걸어서 10여분 밖에 안걸리는 곳이었다.

"오빠, 내 얘긴 하나도 안 듣고 있지?"

지혜가 입술을 삐죽 내밀었다.

또 무슨 생각을 그렇게 해?"

"아… 미안. 뭐라고 했는데?"

"우리 학교 소풍간다고. 에버랜드로 간데."

"재밌겠네."

"3학년은 언제가?"

"기억 안 나네."

진혁이 머리를 긁적였다.

이맘때 학생들이 가장 기대하는 것은 소풍이었다.

그들을 괴롭히던 중간고사도 끝났다.

"형, 화진누나 아냐?"

진명이 자신들의 뒤에서 멀찌감치 떨어져 따라오고 있는 화진이를 발견하고는 진혁에게 말했다.

"맞네."

진혁은 흘끔 뒤돌아보고는 무심한 듯 말했다.

과거 화진이에 대한 이미지가 좋지 않았던 탓에 진혁은 집 앞에서 마주쳐도 그다지 아는 척을 안했다.

괜히 그러다가 시비라도 붙게 되면 낭패였기 때문이었다.

"화진누나 기 많이 죽어있다."

진명이 지나가는 말로 한마디 했다.

"아버지가 다니는 기린자동차가 망했다잖아."

지혜가 아는 척하면서 진명의 옆구리를 쿡쿡 찌른다.

'화진이가 그래서 유독 표독스럽고 까칠했나?'

진혁은 잠시 과거를 회상해보았다.

자신뿐만 아니라 다른 애들에게도 까칠하고 표독스러웠던 화진이었다.

물론 타고난 성격도 있을 것이다.

대부분 집안이 어두워지면 오버스러워지는 경향도 있었다.

과거 판테온으로 가기 전에는 진혁이 매화당에서 화진이를 처음 잠깐 본 뒤 4개월 뒤에 다시 만나게 되었다.

그때는 이미 IMF가 진행되고 있을 때였다.

그전의 화진이 성격이야 알 수 없지만 아버지의 실업이 그녀의 성격을 더욱 표독스럽게 만들 수는 있었다.

본시 사춘기 때는 무척 예민한 법이니깐 말이었다.

그자신이 그런 것처럼 말이었다.

진혁이 다시 한 번 뒤를 힐끔 거렸다.

생각이 바뀌면 보이는 것이 달라진다더니.

늘 표독스럽고 까칠하기 이를 데 없어 보이던 화진의 얼굴에서 쓸쓸함을 발견했다.

'잘해줘야겠네.'

진혁은 자신도 모르게 그렇게 생각을 하고 있었다.

진혁이 그런 생각을 한 지 채 만 하루만에, 정확히는 다음 날 하교 때의 일이었다.

우연히 화진과 교문에서 마주쳤다.

"화진아."

진혁은 부드러운 목소리로 말했다.

"왜?"

화진은 약간 째려보는 듯한 얼굴로 다소 시비 거는 말투로 대답했다.

"……."

막상 불러놓고 보니 딱히 할 말이 없다.

자신이 왜 화진이를 불렀는지 이해가 당최 안 되다.

화진은 화진대로 진혁의 갑작스런 행동에 당황했다. 평소에는 아는 척도 안하고 애초에 말을 섞으려고도 하지 않던 진혁이었다.

그런데 갑자기 자신을 아는 척 하는 것이다.

'아빠 일로 동정하는 건가?'

화진은 그 생각에 미치자 기분이 더욱 나빠졌다.

"왜? 우리 아빠가 실직자가 되어서 고소하다는 말을 하려고 날 부른 거니?"

화진은 거침없이 말했다.

'이크, 괜한 오해를.'

진혁은 난처했다.

"그냥 같이 집에 가자고. 같은 집에 사는데."

"뭐? 내가 너랑 부부니? 같은 집에 살게!"

진혁은 물론 건물이란 의미로 집을 말하는 거였다. 화진은 기분이 나쁠 대로 나빠서 인지 괜히 꼬투리를 잡고 있었다.

"그, 그게 아니라. 나 요즘 탐정놀이 중인데 도움이 필요해서."

"탐정놀이? 네가?"

화진은 말로는 그러면서 얼굴은 궁금하다고 씌여있었다.

"요즘 TV에 납치사건 나오잖아."

"서유혜라고 하는 7살짜리 어린애 말하는 거지?"

화진은 납치 사건을 정확하게 알고 있었다.

"나도 한번 그 아이 찾아보려고."

진혁은 그런 말을 하면서도 스스로를 원망하고 있었다.

일단은 아무 말이라도 하고보자는 게 자신도 모르게 슬슬 서유혜에 관한 얘기를 하고 있었다.

"네가?"

"왠지 내가 찾을 수 있을 것 같아. 그 아이 집이 여기서 멀지도 않다는 거 알지?"

"들었어. 우리 엄마가 우리 동에서 이런 일이 생겼다고 끔찍해하셨거든."

화진이는 의외로 진혁의 말에 호기심을 보이면서 적극 대화를 했다.

'별로 안 까칠하네?'

진혁은 화진과 대화를 하면서 놀라기는 마찬가지였다.

역시 사람은 일단 친하고 볼 일이었다.

한 사람을 판단하는 게 몇 마디 말로는 되는 일이 아니었다.

그 사람이 좋아하거나 관심을 보이는 화젯거리로 대화를 나누다 보면 그 사람의 감정이 잘 드러나 있기 마련이었다.

"나…… 현대시장도 가봤다."

화진이 망설이는 듯하더니 말했다.

"거길 왜?"

진혁이 의아하게 쳐다보면서 말했다.

"봉천본동이잖니. 혹시나 그쪽에 있는 현대시장으로 장 보는 사람들 중에 아이를 볼 수도 있고."

"단지 그런 이유로?"

"내가 그런 일을 할 사람으로는 안보이지. 좀 못돼 보이지?"

화진이가 싱긋 웃는다.

그 미소가 예뻤다.

과거라면 평생가야 화진의 미소를 볼 수없었을 것이었다.

"우리 엄마가 나 7살인가 8살 때 내 동생을 임신 9개월에 유산하셨어. 왠지 뉴스를 보면서 우리엄마가 유산을 안 하셨더라면 딱 그 나이대 동생이 있었을 거잖아."

화진의 목소리엔 슬픔이 깃들어 있었다.

"그냥 동생 잃었다고 생각해도 안타까웠는데 그 부모 심정은 오죽 하겠니. 근데 현대시장을 가보니 딱히 내가 뭐 할게 없더라. 장보러 온 사람들을 일일이 붙잡고 서유혜 보셨어요? 하고 물을 수도 없고. 그냥 서 있다가 집에 왔어."

"……."

진혁은 화진이 털어놓은 얘기에 그저 멍하니 듣고 서있었다.

"탐정놀이에 내 도움이 필요하다고 했지?"

화진이 말했다.

"어…… 으응."

진혁은 엉겁결에 대답했다.

"무슨 도움?"

"……."

진혁은 딱히 할 말이 없었다. 자신이 왜 그렇게 말을 꺼냈는지 조차 모르겠다.

"나 혼자 여자애 찾는 것도 이상하고 방과 후 할 일도 없고……."

진혁은 되는 대로 아무 말이나 했다.

그로서는 이런 경험이 처음이었다.

"나도 시간 많아."

화진이 적극적으로 말했다.

'어, 이게 아닌데…….'

진혁은 그야말로 울상이 돼 버렸다.

❖

진혁은 화진과 함께 어쩔 수없이 현대시장 쪽으로 향했다.

'화진의 안전까지 책임져야 되겠네.'

진혁은 나란히 자신과 같이 걷고 있는 화진을 슬쩍 보았다.

화영 누나의 미모에 가려 잘 몰랐지만 화진이도 충분히 예뻤다.

좀 더 나이가 들면 화영 누나만큼 미모가 오를 것이다.

진혁은 문득 여제가 생각났다.

에일레나 칸 스와트 여제.

도도하고 오만한 그녀의 표정 뒤엔 따뜻하고 자상한 이면이 있었다.

'여제와는 처음엔 별것도 아닌 걸로 많이 싸웠지.'

진혁은 자신도 모르게 여제와의 추억에 젖었다.

"야, 너 무슨 생각해?"

화진이 도끼눈으로 흘겨보았다.

순간 에일레나 칸 스와트 여제의 얼굴과 화진이 겹쳐 보였다.

"에일레나……."

진혁은 멍하니 중얼거렸다.

"얘좀봐."

화진이 기가막히다는 표정으로 말했다.

여자를 앞에 두고 딴 여자 이름을, 그것도 외국인 여자 이름을 중얼거리다니.

화진은 저도 모르게 속상했다.

요즘 들어 진혁이 무척 멋있어 졌다.

처음 만났을 때의 키 작고 말라깽이 소년이 아니었다.

키는 어느새 180cm에 육박하고 있었고 어깨는 떡벌어진게 너무 멋있었다.

게다가 얼굴을 뒤덮었던 여드름은 어느새 사라지고 백인이라고 해도 될 만큼 하얗게 빛나고 있었다.

화진은 요 근래 먼발치에서 그렇게 달라진 진혁의 모습

을 몰래 훔쳐보곤 했었다.

진혁을 두 번씩이나 우연히 만나놓고도 자신이 표독스럽게 굴었던 것을 후회하면서 말이었다.

오늘 드디어 그녀에게 기회가 온 것이었다.

화진은 오늘이야말로 자신의 이미지를 바꾸어야겠다고 마음먹었지 않은가.

그런데 진혁이 넋 놓고 딴 여자 이름을 부른다.

진혁의 애인도 아니면서, 아니 여자 친구도 아니면서 괜히 기분이 나빴다.

"흥, 난 저기로 가볼게."

화진이 삐져서 후다닥 앞서 뛰어간다.

'아차.'

진혁은 자신의 실수를 깨 닫았다.

왜 하필 화진의 얼굴에서 에일레나의 모습이 겹쳐 보였는지 알 수가 없었다.

그건 그렇고 화진의 곁에서 너무 멀어지면 안 된다.

요근래 사건이 많은 진혁으로선 자신을 따라온 화진의 안전이 제일 중요했다.

"기다려, 같이 가."

진혁이 금방 화진을 따라잡았다.

"어디로 가려고?"

진혁이 화진의 얼굴을 빤히 들여다보면서 미소 지었다.

진혁의 그 미소가 너무도 멋졌다.

화르륵.

화진의 얼굴이 새빨개진다.

"응… 어. 저기. 맞다. 저기!"

화진이 어쩔줄을 몰라 하다가 생각난 게 있는지 오른쪽으로 손가락을 가리킨다.

"저곳이 유혜가 행방불명되었다는 놀이터야."

진혁은 화진의 말에 놀이터 쪽으로 시선을 돌렸다.

"여기서 조금 올라가면 현대시장이 있고, 그 위에 조금 더 올라가면 유혜네 아파트야."

화진이 술술 말했다.

사전에 조사를 많이 했나 보다.

아까 진혁에게 한 말이 화진이의 진심인 듯싶었다.

"동선이 아파트에서 시장 쪽으로 해서 이곳 놀이터로 왔다는 거네."

"그렇지, 그래서 난 현대시장 장사꾼들이나 장보러 온 사람들 중 서유혜를 보았을 수 있다고 생각했어."

"그건 이미 가족들이 전단지를 나눠주면서 찾고 있지 않아?"

"그렇긴 해. 그래도 현대시장을 찾는 손님들이 매일 이곳을 오는건 아니니깐. 이곳에서 전단지를 나눠주다 보면 혹시 목격했던 손님을 우연히라도 만날 수 있지 않을까?"

화진이는 열심히 설명했다.

"그럴 수 있네. 뉴스에 보도되고 있으니깐 목격한 사람이 있다면 신고하지 않았을까? 보상금도 꽤 있던데."

"아."

화진이 탄식을 냈다.

"내가 바보 같다고 생각하지?"

"아니."

진혁이 싱긋 웃었다.

그는 성큼 성큼 놀이터로 걸어 들어갔다.

그가 서유혜가 실종된 장소를 찾는 이유는 다른데 있었다.

그 자신이 이토록 신경 쓰인다는 것은 마법과 관련이 있지 않을 까 싶었다.

즉, 마나의 움직임이 그 자신을 무의식적으로 당기는 게 아닐까 싶었다.

그 자신이 베트남 항공 사건 때 보았던 주술이 담긴 마법사의 피를 발견한 이후 걸어두었던 마법 영향일 수도 있었다. 자신의 가족 근처에 혹시나 있을 마법진이나 주술을 대비해서 방어막을 쳐놓았다.

그리고 알람마법도 걸어두었다.

그의 가족 근처에 마법이 시현되거나 하면 그가 알 수 있도록 말이었다.

물론 적은 마나량 때문에 이 마법 자체는 가족의 경우에 만 한해서였고, 공간도 극히 그의 집과 학교 정도로 제한적이었다.

4서클 마법으로는 가족에게 이상이 있을 때는 바로 알 수는 있어도 이 정도 거리에서 일어난 마법주술의 경우는 알 수가 없기 때문이었다.

하지만 재수 좋게 알람마법이 가동되어 그를 무의식적으로 끄는 게 아닌가 싶었다.

물론 이것은 말도 안 되는 추리긴 했다.

이미 자신을 납치하려던 사내가 서유혜를 납치한 것을 알고 있으니깐 말이었다.

'막 갖다 붙이는군.'

진혁은 자신의 생각에 쓴웃음을 지었다.

아버지를 납치해 간 어둠의 조직을 찾다보니 모든 사건이 다 마법과 관련 있어 보였기 때문이었다.

진혁은 놀이터 주변을 돌아보았다.

화진 역시 그의 주변을 따라다녔다.

'깨끗한데.'

진혁은 얼굴을 찡그렸다.

놀이터에선 아무런 마법의 흔적도 발견이 되지 않았다. 그자신이 알아볼 수 없는 마법진이나 주술이라면 4서클 이상일 것이었다.

하지만 베트남 항공 사건을 보아서는 마법사가 그이상의 역량이 있을 것 같지 않았다.

'그냥 납치였던가.'

뉴스에서는 서유혜의 납치사건과 대룡파 간의 연결고리를 찾기 어렵다고 나왔다.

체포된 조직의 간부들은 한결같이 모르는 일이라고 잡아뗐고 그 사내가 단독으로 벌인 일이라고 입을 모아 진술했다고 한다.

더구나 자신이 목격한 것에 의하면 사내는 충분히 조직 몰래 그런 일을 할 수 있다는 점이었다.

조직을 나오고 싶어 했으니깐 말이었다.

이렇게 되면 막다른 길이었다.

놀이터나 시장 주변에서 사내 말고 다른 이가 관련되었다는 정황도, 아니 사내가 서유혜 주변을 어슬렁거린 정황도 없었다.

진혁은 그 점이 몹시 찝찝했다.

'그때 좀 더 무리해서라도 사내를 심문했어야 했는데.'

차트렁크에서 여자애의 옷을 발견한 이후, 사건을 일단락 짓고 경찰이 오기 전에 사내를 심문하려고 했다. 하지만 이미 스피리츄얼 마법에 사내는 제 정신이 상태가 아니었다.

물론 또한번 시도를 해볼 수는 있었지만 그렇게 되면 사내가 정신의 압력을 버티지 못하고 즉사할 수도 있었다.

그때 진혁이 사내에게 자백을 받아냈더라면 서유혜는 찾아낼 수 있었을 것이다.

진혁은 시간이 지날수록 서유혜를 찾지 못하는 것이 마치 자신의 탓으로 여겨졌다.

놀이터에 짙어져 가는 어둠만큼 진혁의 표정도 어두워졌다.

어느새 밤 10시가 넘어섰다.

텅 빈 놀이터에 진혁과 화진이만이 그네에 앉아 있었다. 그들은 오늘 방과 후 내내 놀이터 뿐 아니라 현대시장 주변을 샅샅이 뒤져 보았다.

물론 헛수고였다.

마지막으로 다시한번 놀이터를 들린 것이었다.

"내일은 서유혜 부모님 뵈러갈까?"

화진이 말했다.

"사람들에게 많이 시달리고 있을 텐데."

"그렇긴 하지. 우리가 찾을 수 있는 것도 아니고. 그냥 답답해서 한 말이야."

화진이 긴 한숨을 쉬면서 몸을 떨었다.

쌀쌀한 10월의 저녁이었다.

"그만 가지."

진혁이 그네에서 일어섰다.

"응, 어…. 어어…… 어!"

화진도 따라 일어서려다 그만 발을 헛디뎌 비명을 질렀다.

그 바람에 화진의 몸이 앞으로 기울면서 그녀가 앉아있던 그네가 뒤집혔다. 진혁은 잽싸게 넘어지려는 화진의 몸을 잡아주었다.

"고, 고마워."

화진의 눈이 반짝 거렸다.

순간 진혁의 눈이 빛났다.

"잠시 기다려."

진혁은 화진이 앉았던 그네 쪽으로 향했다.

'이럴 수가.'

소환 마법진이 희미하게 새겨져 있었다. 진혁도 이 마법진이 무엇을 의미하는지 알고 있었다.

진혁은 화진을 힐끔 쳐다보았다.

이 마법진은 어두운 밤에나 흔적을 남긴다. 게다가 하루만 늦었더라면 그 흔적조차 완전히 사라졌을 게 뻔했다.

◈

진혁은 자신이 본 그것을 뚫어지게 쳐다보았다.

악마 소환.

마법진 중앙에 앉아있는 제물을 바치면서 악마를 소환하는 주술이었다.

만약 서유혜가 여기에 앉았더라면, 그리고 이 마법진이 발동되었다면…….

서유혜의 흔적을 이 근처에서 발견할 수 없었던 이유가 설명되었다.

이 마법진 중앙에 놓인 제물은 악마에게 끌려간다. 대신 악마가 소환에 응하게 되는 것이었다.

악마는 타르탄투니안.

진혁은 이 타르탄투니안을 알고 있었다.

상급 악마 타르탄투니안.

'지구와 판테온이 연결되어있는 것이 인간뿐 아니라 이들에게도 마찬가지군.'

그는 고개를 끄덕이면서 생각했다.

타르탄투니안은 어린애를 좋아한다.

그것도 특정 어린애의 공포와 두려움, 피를 좋아했다.

서유혜의 부모를 만나봐야 알겠지만 서유혜가 행방불명되기 전부터 밤마다 악몽에 시달렸을 것이다.

제물로 선정된 자들이 겪는 고통이었다.

어린애들의 순수한 공포와 고통, 비명을 즐기는 악마였다.

지금쯤 서유혜는 어둠이 주는 공포에 갇혀있을 것이었다.

'어린애가 그 고통을 겪고 있다니.'

진혁의 주먹에 힘줄이 솟아났다.

판테온에서 보았던 흑마법사들의 짓거리를 지구에서 다시 마주치게 된 것이었다.

한시라도 빨리 서유혜를 구해내야 한다.

이대로 시간이 흘러가면 서유혜는 어둠의 공간속에서 미쳐버리고 말 것이다.

만약 상급 악마 타르탄투니안의 마음에 들게 된 제물은 그렇게 미친 상태서 살아있는 채로 악마가 된다.

물론 마음에 들지 않았을 경우 미친 상태로 정신이상자가 되어 죽을 때까지 이지를 잃고 살게 된다.

죽은 후에도 그의 영혼은 악마의 것이 되고 말이었다.

그야말로 살아남아도 고통스럽고 죽어도 고통스럽기 짝이 없었다.

'타르탄투니안이 맞다면…'

진혁은 침착하게 생각에 몰두했다.

상급 악마인 타르탄투니안이 서유혜라는 제물 하나로 계약에 응하지는 않는다.

타르탄투니안은 공통된 것을 좋아하고 6이란 숫자를 좋아했다.

즉, 같은 속성을 타고난 어린애 여섯 명을 제물로 바쳐야 악마는 비로소 그들이 원하는 것을 들어주게 되는 것이었다.

타르탄투니안같은 상급 악마에게, 그리고 가장 어려운 계약을 할 경우에 필요한 제단을 쌓는 방식이었다.

"아…."

진혁의 입에서 탄식과 같은 소리가 흘러나왔다.

이 마법진에는 4라는 숫자가 적혀있다.

서유혜 전에 이미 3명이 납치된 셈이다.

그리고 어디선가 2명의 아이가 악몽에 시달리고 있다.

타르탄투니안이 6이란 숫자를 좋아하기 때문에, 한 아이를 제물로 바친 후 다시 6일의 간격을 두고 또 제물을 바치게 되기 때문이었다.

그렇게 6일마다 한 명씩, 6번을 제물로 바치면 악마는 비로소 소환에 응하고 그들과 계약을 맺게된다.

'서유혜가 실종된 지 오늘이 6일째다.'

그 얘긴, 내일 타르탄투니안에게 제물을 바치기 위한 의식이 거행된다는 뜻이기도 했다.

'사내를 만나봐야겠다.'

진혁의 이마에 주름살이 깊게 패였다.

그의 옆에서 화진은 진혁이 이상하다는 듯이 쳐다보고 있었다.

진혁은 지금 현재로서는 사내만이 그들을 찾을 수 있는 유일한 수단임을 깨달았다.

◈

"진혜야, 그만 자야지."

서화숙은 이제 7살난 어린딸 진혜의 얼굴을 근심스럽게 내려다보았다.

"엄마, 나 안 자면 안 돼?"

"악몽 때문에 그러는구나?"

서화숙은 두 팔을 벌려 딸을 안아주었다.

벌써 딸이 밤마다 악몽을 꾼다고 칭얼거린 지 6일째다.

"진짜 악마가 나온단 말이에요……."

진혜의 얼굴은 이미 울기 직전이었다.

"그래, 그래. 내일 아침에 엄마랑 병원가보자."

"또 병원?"

"그의사선생님은 널 고쳐주실 방법을 알 거야."

끄덕끄덕.

평소 병원은 죽어도 가기 싫다고 떼쓰던 아이가 웬일로 고개를 끄덕인다.

정말 무서운가 보다.

그런 진혜를 바라보는 서화숙은 가슴이 찢어질 듯했다.

이미 병원과 한의원을 다녀보았다.

그 나이대 일어날 수 있는 일이라고만 다들 입을 모아 얘기했다.

한창 성장기이다 보니 기가 허할 수 있다면서 아이의 온몸에 침을 꽂기도 했다.

"엄마, 지금 병원가면 안 돼?"

"지금은 밤이잖아."

"악마가 내일이면 나 데리러 온댔어. 무서워."

진혜의 눈에 어느새 눈물이 고였다.

또르르륵.

아이의 맑은 눈물이 볼을 타고 흘러 내렸다.

서화숙은 그런 딸을 품에 꼭 안았다.

'어떻게 이렇게 착하고 예쁜 내 딸에게 이런 일이 생길 수가 있는지…….'

그녀는 하늘이 원망스러웠다.

성인인 자신도 이렇게 오랜 시간, 밤마다 악몽을 꾼다면 미쳐버릴 것이다.

차라리 자신이 진혜의 악몽을 대신하고 싶었다.

"엄마가 엄마가…. 네 악몽 사줄게. 그러니깐 넌 오늘밤 푹 잘 수 있을 거야."

서화숙은 떨리는 목소리로 말했다.

"그러면 나 내일은 악마에게 안 잡혀가겠네?"

"그렇지."

"엄마가 최고!"

진혜의 눈에서 눈물이 멈추고 어느새 환한 얼굴이 되었

다.

'제발 하늘이시여, 신이 있다면… 부처님, 예수님… 누구라도 제 기도를 듣고 계신다면 제발 제 소원을 들어주세요. 이렇게 빌겠습니다. 제 딸이 오늘밤 악몽을 꾸지 않도록 해주십시오.'

서화숙은 딸 진혜를 품에 안은 채 간절히, 간절히 기도를 했다.

◈

진혁은 서둘러 화진을 집에 데려다 주었다.

화진은 의외로 아무것도 물어보지 않았다. 놀이터에서 자신이 그네의 뒷면을 보고 생각에 잠겨있는 것을 지켜만 볼 뿐이었다.

그리고 진혁이 화진을 데려다주고 또 어디론가 향하는 모습을 말없이 지켜봤다.

까다롭고 표독한 화진에게 의외의 면이었다.

아마도 다시 만나도 굳이 오늘의 일을 해명하지 않아도 화진은 이해해줄 것만 같았다.

덕분에 진혁은 마음 편하게 서울구치소로 향했다.

물론 투명마법을 써서 자신의 모습을 감추는 것을 잊지 않았다.

"휴우."

진혁은 심호흡을 했다.

이제 그는 지금보다 좀 더 강하고 잔인해져야 한다.

그리고 현재까지 몸속에 모아온 마나가 오늘밤 전부 소진될 수도 있었다.

진혁은 말없이 허공을 응시했다.

❖

진혁을 납치했던 사내, 오지명은 서울구치소에 갇혀 있었다.

여러 명이 함께 사용하는 혼거실이 아닌 독거실에 그 혼자 갇혀 있었다.

조직폭력단으로부터 보호하기 위해서였다.

오지명이 단독소행이라고 주장은 하고 있으나 그것을 믿은 경찰들은 없었다.

사태가 길어질수록 조직에서는 오지명을 내버려두지 않을 게 뻔했다.

정작 오지명은 독거실에서 여유만만하게 지내고 있었다.

경찰의 특별보호를 받아서 그런 건지 모르겠다.

탕. 탕.

"이봐, 식사."

간수가 창살 너머로 배식구에 쟁반 하나를 넣어줬다.

오지명은 쟁반을 흘낌 쳐다보았다.

잡곡밥에 고기는 없어 보이는 무국.

김치 몇 조각과 단무지와 멸치, 그리고 8조각으로 잘라 놓은 김이 전부였다.

“씨부럴, 이런 것을 어떻게 먹으라고.”

오지명은 얼굴을 찡그리면서도 쟁반에 손을 뻗혔다.

꼬르르륵.

그의 뱃속에서 어서 밥을 넣으라고 난리를 치고 있었다.

오지명은 쟁반을 자신의 무릎위에 올려놓고는 젓가락을 집어 들었다.

그 순간이었다.

젓가락의 표면에 작은 점 하나가 빛나는 듯싶었다.

‘내가 헛것을 봤나?’

그는 젓가락을 이리 저리 들어보았다.

아무것도 없었다.

오지명은 이내 젓가락으로 멸치를 집어 들어 잡곡밥위에 올려놓았다.

그 위에 김을 얹어서 크게 밥을 떼어 김 속으로 멸치와 함께 밀어넣은후 자신의 입속으로 집어넣었다.

우걱우걱.

평소 먹고 싶은 게 있으면 언제든 먹을 수 있는 그였다.

그런데 구치소에 갇혀 정해진 시간에 정해진 양만 먹으려니 배가 너무도 고팠다.

오지명은 정말 맛있게 식사를 했다.

스르르륵.

무언가가 젓가락을 타고 그의 팔 쪽으로 흘러들어 갔다.

'뭐지?'

오지명은 또 의아했지만 이내 신경을 쓰지 않았다.

"꺼억."

그는 밥을 다 먹고 난 이후 기분이 좋아졌는지 노래를 흥얼거리기 시작했다.

"사나이로 태어나서 할 일도 많다……."

오지명은 노래덕분에 더욱 흥이 오를 대로 올랐다.

그런데 갑자기 몸이 이상했다.

아니 몸뿐만이 아니었다.

머릿속이 뒤죽박죽된 기분이었다.

마치 뇌가 밀가루처럼 반죽을 당하는 기분이었다.

하지만 그 고통은 심하지 않았다.

고통보다는 기분이 이상하게 기묘했다.

그는 머리를 쥐어뜯었다.

"으……."

하지만 신음소리는 그다지 크지 않았다.

…….

그렇게 얼마나 시간이 지났는지 모른다.

벌떡.

머리를 쥐어뜯으며 웅크리고 있던 오지명은 갑자기 일어섰다.

그의 눈은 멍한 듯 아무런 생기를 느낄 수가 없었다.

오지명은 자신의 손가락을 들었다.

그리곤 당연하다는 듯이 자신의 이로 손가락을 세게 물었다.

손가락에서 피가 흘러내렸다.

보통 이정도면 아프다고 비명을 지르거나 신음소리라도 내기 마련이었다.

하지만 그는 아무런 고통을 느끼지 못하는 듯 한 표정이었다.

그저 이지를 잃은 채로 멍한 얼굴.

오지명은 피 흘리는 손가락을 들어 벽면으로 향했다.

죽음으로 나의 죄를 속죄

날 용서하길.

이건 또 무슨 황당한 일이란 말인가? 그가 벽면에 쓴 글로만 보면 오지명, 그 자신의 모든 죄를 인정하고 자살하겠다는 게 아닌가.

그는 정말 그렇게 행동하기 시작했다.

오지명은 주위를 두리번거리더니 독거실 한쪽에 놓여져 있는 이불에서 솜을 떼어내기 시작했다.

치익치익.

그의 손에 어느새 이불에 있던 천만이 꼬여져 있었다.

오지명은 거침없이 그것을 자신의 목에 빙빙 둘러 감기 시작했다.

천이 목을 압박하면서 돌릴수록 그의 얼굴은 시뻘게졌다. 보통 그런 상태가 오면 본능적으로라도 천을 놓아버리게 된다.

그런데 오지명의 얼굴엔 표정 하나 없었다.

기계적으로 그저 천을 자신의 목에 단단히 감을 뿐이었다.

"커억…."

나지막한 신음 소리.

툭.툭.투툭.

그의 얼굴에서 힘줄이란 힘줄은 죄다 튀어나오고 있었다.

-멈춰!

누군가의 목소리가 오지명의 머릿속에 울렸다.

진혁이었다.

그는 투명마법으로 자신의 몸을 감춘 채 이곳으로 들어온 것이었다.

"누, 누구야?"

오지명이 중얼거리면서도 여전히 천을 단단히 쥐고 있었다.

진혁은 재빨리 그의 손을 잡았다.

으으윽.

오지명은 그 와중에도 천을 놓치지 않으려고 애를 썼다.

진혁은 그가 이미 이지를 잃고 조종당한다는 것을 깨달았다.

이 상태로 오지명을 상대하기는 어려웠다.

그는 자신의 마나를 조금 그에게 흘러주었다.

"으으으윽. 으윽."

오지명은 낮은 신음소리를 냈다.

하지만 좀 전과는 달리 눈에서 생기가 조금씩 돌기 시작했다.

-그 손 놔.

진혁이 명령했다.

스르륵.

그의 손이 천을 놓았다.

-풀어.

진혁의 말에 오지명은 자신의 목에 감긴 천을 풀어내기 시작했다.

-널 사주한 자가 누구지?

"몰라."

오지명은 버럭 소리를 질렀다.

누군가 이 광경을 보면 그가 미쳤다고 생각할 게 뻔했다.

혼자 독거실에서 허공에 대고 오지명이 소리를 지르고 있는 셈이었다.

진혁은 손가락을 그의 머리를 향해 살짝 까닥였다.

"으으으악!"

오지명이 고통스러운지 비명을 질렀다.

좀전 자신의 손가락을 깨물고 목을 감쌀 때에도 조용하기만 하던 그가 비로소 고통을 인식하고 있었다.

-말해.

진혁의 단호한 목소리에는 명령이 강하게 깃들었다.

아무래도 오지명의 자백을 받으려면 정신마법을 강화시킬 수밖에 없었다.

"고칠삼, 그자가 시켰어."

-고칠삼? 그자를 어떻게 찾지?

"날파리란 놈이 있어, 588 무지개에 가면 찾을 수가 있어. 고놈이 거기 앵두란 년 기둥서방이야."

오지명은 타오르는 고통에 술술 입이 풀렸다.

-잘했다. 깨어나면 나와의 일은 기억하지 못할 것이다.

진혁의 말에 그의 몸이 풀썩 쓰러졌다.

진혁은 힐끔 한쪽 벽면 위에 설치되어있는 감시카메라를 쳐다봤다.

그는 분노를 느꼈다.

교도관들이 너무 많이 포섭되어있는 게 화가 났다.

그렇지 않다면 오지명이 자살을 시도하는 장면이 버젓이 감시카메라에 담겨 있을 텐데 간수들이 달려오지 않는지 해명할 방법이 없다.

하지만 이정도의 소란이면 간수들도 어쩔 수 없을 것이다.

'여기는 그들에게 맡기고.'

◈

진혁은 박정원에게 전화를 걸었다.

"이 시간에 웬일이니?"

박정원은 한밤중에 걸려온 진혁의 전화에 의아해했다.

무슨 일이라도 났는가 싶어서 긴장을 했다.

"그냥 아버지일과 서유혜를 생각하니 잠도 안 오고해서 전화 드렸습니다."

진혁의 말에 박정원은 내심 안도를 했다.

별일은 아닌듯 하니 말이었다.

그때 수화기 너머 차 소리가 들려왔다.

박정원은 눈썹을 꿈틀거렸다.

"어디니?"

"저…… 구치소 앞에 왔다가 그냥 가는 길입니다. 그놈의 얼굴이라도 한 대 쥐 패주고 싶었는데, 들어가기도 어렵습니다."

"당연하지. 누가 이런 한밤중에."

"그냥 이렇게라도 와서 있으니 마음이 편합니다."

"그만 집에 가라. 어머니 걱정하신다."

"안 그래도 전 들어갑니다. 과장님과 얘기하다보니 마음이 편해졌습니다. 늦은 시간에 죄송합니다."

"그래."

"참, 구치소에 무슨 일이 났나봅니다. 밖에서 보니 뭔가 좀 소란스러워보였습니다."

"소란?"

"아무튼 전 그만 집에 가겠습니다. 제가 상관할 일이 아니죠. 늦은 밤 죄송했습니다."

진혁은 그렇게 말하고는 전화를 끊었다.

딸깍.

박정원은 수화기를 내려놓고 곰곰이 생각을 했다.

진혁에게서 그가 최근 받은 느낌은 자신을 퍼즐 한 조각처럼 사용하는 것 같다는 점이었다.

'구치소에 무슨 일이 났나봅니다. 밖에서 보니 뭔가 좀 소란스러워 보였습니다.'

그는 진혁의 말을 다시 떠올렸다.

분명 사내가 압송된 서울구치소에 무슨 일이 있는 것이다. 진혁은 그것을 박정원 자신에게 흘리고 있었다. 그 순간 박정원의 눈빛이 빛났다.

그는 서둘러 전화기에 다시 손을 갖다 댔다.

◈

날파리의 인상은 이랬다.

머리는 민 상태에 마른 체격에 쭈욱 찢어진 눈에 입술은 두꺼웠다.

쉽게 말하면 평균 이하의 외모였다.

그런 자가 미아리 588가에 위치한 무지개라는 방석집에서 여자들의 인기를 누리고 있었다.

"오빠, 오늘 자고 갈 거지?"

앵두가 날파리의 품에 거의 몸을 맡긴 채 말했다.

"당연하지."

날파리는 연신 술을 들이켰다.

"오빠, 요즘 딴 여자 만나는 거 아냐?"

갑자기 앵두가 날파리를 째려보았다.

"내가 너 말고 누가 있다고 그러냐?"

"오빠, 요즘 싸돌아다니잖아. 조직도 잠수타고 있는데."

"미친년, 별것 다 간섭이다."

날파리가 앵두를 타박했다.

하지만 그의 속은 뜨끔했다.

요즘 그가 하고 다니는 일 때문이었다.

그 자신도 이해가 안 되는 아주 이상한 일이었다.

그가 하는 일은 이랬다.

대룡파의 부두목인 고칠삼이 준 명단이 있었다.

명단에 있는 여자아이들 6명을 찾아가, 아이를 스쳐지나가는 척하면서 이미 준비한 스티커 같은 것을 첫 번째 날에는 아이의 몸에 붙인다.

그리고 마지막 6번째날에는 아이가 앉아있거나 아이의 몸에 닿아있는 물건에 슬쩍 스티커를 붙인다.

그 스티커 모양도 단순 동그란 원이긴 한데 뭔가 섬뜩하고 기분이 나쁜 지경이었다.

한 아이의 마지막 다음 날엔 또 다른 아이의 첫 번째 날이 되는 것이다.

이렇게 벌써 5명째 진행 중이었다. 내일은 5번째 아이의 마지막 날이었다. 그 애긴 자신이 무척 바쁜 날이 되기도 했다. 5번째 아이가 군산에 살고 있기 때문이었다. 하필 그 다음 날 찾아갈 6번째 아이는 경남 진해에 살고 있었다.

'제길, 내일부터 이틀간은 지방만 돌아다니다 끝났겠군.'

날파리는 인상을 쓰면서 연신 술을 들이켰다.

정말 예전에 자신의 목숨을 구해준 고칠삼이 아니었다면 절대 하고 싶지 않은 일이었기 때문이었다.

이 일 자체가 뭔가 섬뜩하기도 했고 주술과 관련 있어 보이기도 했다.

아이들은 전부 7살에, 이름에 '혜' 자가 전부 들어가 있었다.

'그 형님이 좀 사이코지.'

날파리는 고칠삼에 대해서 아주 잘 알고 있었다.

병으로 보일만큼 규칙성에 대해서 광적인 집착이 있었다. 그리고 소아성애자였다.

'관심 끄자. 형님이 하시는 일인데.'

날파리는 머리를 저었다.

그 모습을 보고 날파리의 왼쪽에 앉아 술을 따르던 설녀가 혀를 꼬며 말했다.

"요즘 오빠가 심란한가봐요. 이럴 땐 늘 먹던 음식 말고 새로운 음식을 먹는 게 기분전환에 좋아요."

설녀는 날파리의 거기에 슬쩍 손을 갖다 댄다.

찰싹.

앵두가 그런 설녀의 손등을 치면서 말했다.

"미친년, 오빠는 내 차지야."

앵두가 설녀에게 눈을 흘겼다.

“오빠, 얘랑 같이 할 수도 있어.”

설녀가 앵두에게 밀려서는 안 되겠다 싶었는지 날파리를 유혹하듯이 말했다.

“오호라. 쓰리섬!”

날파리는 그야말로 입이 쩍 벌어졌다.

이것들이 알아서 다리를 벌려준다고 하니 기분 좋을 수밖에 없었다.

“어디서 이게. 콱.”

앵두가 인상을 쓰면서 설녀에게 말했다.

그때 날파리가 다시 입을 열었다.

“그런데 얘들아, 이 오빠가 오늘 돈이 없는데 외상 어때?”

날파리는 요즘 고칠삼을 만나지 못했다.

고칠삼은 그에게 명단과 돈 얼마를 쥐어준 채 칩거에 들어가 있었다. 당분간 절대 찾지 말라는 명령과 함께 말이었다.

물론 비상연락처는 알려주었지만 날파리 외 그 누구에도 발설해서는 안 된다고 신신당부를 하지 않았던가.

자신이 먼저 연락하기 전까지는 연락 자체를 하지 말라고 했다.

고칠삼이 준 돈도 이제 슬슬 다 떨어져갔다.

“이 오빠가 말이야, 아주 큰 돈이 있거든. 그 돈을…….”

그는 제법 취기가 오른 상태로 여자들의 표정이 달라지는 것은 눈치도 채지 못하고 계속 떠들었다.

"오빠 믿지? 다음에 오면 돈~~어, 어."

"나가!"

앵두가 날파리의 등을 발로 걷어찼다.

"이 계집년이. 확!"

날파리는 앵두에게 따귀를 날리려고 일어섰다.

휘청.

오늘 너무 술을 마셨다.

따귀는커녕 몸조차 제대로 몸을 가눌 수도 없었다.

"너희들…… 나중… 딸꾹…. 딸…꾹."

날파리는 문을 열어준 설녀를 한번 쳐다보았다.

"나가!"

설녀도 매정한 눈빛으로 날파리를 쳐다보았다.

날파리는 하는 수 없이 방석집을 나왔다.

"으씨, 이것들이 돈 없다고……."

날파리는 중얼거리면서도 으슥한 골목을 찾았다.

소변이 너무 마려웠기 때문이었다.

쑤아.

"이게 뭐 오래갈지 알아…. 딸꾹. 곧 일이 끝나…면… 금방… 딸꾹. 딸꾹."

날파리는 자신을 쫓아낸 방석집 여자들에게 화가 났는지

소변을 보는 와중에도 중얼거렸다.

"어, 어, 어. 뭐야?"

바지춤을 추스르던 날파리가 갑자기 소리를 질렀다.

-고칠삼 어디가면 찾지?

진혁이었다.

그는 여전히 투명마법과 텔레파시 마법을 이용해 상대와 대화를 하고 있었다.

물론 거기에 스피리츄얼 마법을 함께 사용해서 상대가 자신의 말에 복종하게끔 만들고 있었다.

물론 직접 마주대할 정도의 가까운 거리여야 시현이 가능했다.

그렇기 때문에 진혁이 직접 구치소에 있던 사내의 독거실까지 들어갔었던 것이다.

지금도 마찬가지였다. 그는 588에 있는 방석집을 다 뒤져 날파리를 찾아냈다.

그리고 날파리가 혼자되기를 기다렸다.

"몰라, 모른다고!"

날파리는 취기가 확 깼다.

더구나 갑자기 머리가 맑아졌다.

-다시 묻지, 고칠삼 어디 가서 찾지?

'어, 어… 왜 이러지?'

날파리는 자신의 입이 술술 열리기 시작하는 것을 보고

그 자신마저 의아할 지경이었다.

그런 의아심도 이내, 보이지 않는 이 목소리에 모든 것을 다 얘기하고 싶어졌다.

"가평입니다. 가평에 고 형님이 갖고 있는 집이 한 채 있습니다."

-주소를 대.

"주소까지는 모르겠고, 가평에 내오라힐링캠핑장이 있는데 그곳에서 50미터 떨어진 곳에 빨간 지붕으로 된 집이 달랑 하나 있습니다. 찾기 쉽습니다."

-이제 자라. 깨어나면 이 일은 잊는다.

풀썩.

진혁의 말에 날파리는 그대로 골목 어귀에 쓰러졌다.

◈

진혁은 날파리가 말해준대로 가평으로 빠른 속도로 향했다.

'젠장, 마나가 급속도로 떨어지는군.'

진혁은 이맛살을 찌푸렸지만 그렇다고 멈추어서는 안 됐다.

이동마법 자체는 그다지 어려운 마법은 아니지만 이런 식으로 장거리 이동은 마나량이 부족한 마법사에게는 그다지 좋은 방법은 아니었다.

하지만 한시도 지체할 수가 없었다.

벌써 새벽 3시.

어쩌면 벌써 5번째 아이가 제물로 바쳐졌을 수도 있을 시간이었다.

그리고 또 한 아이는 여전히 밤마다 꿈속에서 악몽에 시달리고 있을 것이다.

이 밤, 모두가 잠든 이 어둠속에서 아이는 자신의 방에 누워 비명을 질러대고 있겠지.

진혁은 안타까웠다.

한시도 지체할 수가 없었다.

'저기다.'

그의 눈에 빨간 지붕이 보였다.

진혁은 빨간 지붕이 있는 집안으로 들어갔다.

커다란 거실과 식당, 방이 몇 개 있는 단순한 구조였다.

한쪽 방에는 고칠삼이 자고 있는 게 스캔되어졌다.

'아이들은 어디 갔지?'

진혁은 집안을 샅샅이 뒤지면서 스캔해 나갔다.

'여기다.'

그제서야 진혁의 입에 미소가 살짝 지나갔다.

거실 바닥에 놓여져 있는 카페트.

카페트를 치우니 바닥에 달려있는 문고리가 보였다.

끼익.

진혁은 조심스럽게 문을 열고 밑으로 내려가 보았다.

어두운 통로를 조금 걸으니 또 하나의 문이 나왔다.

열쇠로 단단히 잠겨있었다.

이런 것쯤은 진혁에게 식은 죽 먹기였다.

그는 손을 한번 휘둘렀다.

철컹.

자물쇠가 떨어졌다.

진혁은 문을 열고 안으로 들어섰다.

그리고는 안에서 본 광경에 그의 얼굴은 분노로 타올랐다.

그 안에는 4명의 아이가 침대위에 한명씩 눕혀있었다.

그중 서유혜의 모습도 보였다.

그리고 아직 비어있는 2개의 침대도 말이었다.

침대 한쪽에는 링겔이 걸려있었다.

아이들은 침대 위에서 잠든 채였다.

하지만 잠들어있는 아이들의 얼굴이 고통스러웠다.

필시 악몽을 꾸고 있는 것이다.

제물로 바쳐진 아이들의 운명이었다.

제단이 완전히 쌓아질 동안, 24시간 내내 이런 상태로 고통을 받게 된다.

'저것은.'

진혁은 아이들의 머리맡 쪽에 있는 벽면을 보았다.

익히 아는 그림이었다.

타르탄투니안.

머리에 세 개의 뿔을 달려 있고 귀는 뾰족하게 위로 치솟아 있는 악마.

그 악마의 그림이 걸려 있었다.

아이들이 악몽을 꾸는 내내 그 순수한 공포와 두려움을 타르탄투니안이 먹고 있을 것이다.

그림은 그것을 상징하고 있었다.

'잔인한 놈들.'

진혁은 부르르 전신이 떨었다.

그때, 언제 깨어났는지 고칠삼이 내려오는 소리가 들렸다.

진혁은 서둘러 아이들 한명 한명에게 다가갔다. 자신의 마나를 흘리기 위해서였다.

마나가 없다.

…….

이곳까지 오느라 그의 몸 안에 비축해놓았던 마나가 다 사라진 것이었다.

진혁은 망설이지도 않고 자신의 몸 안, 즉 비축되어있는 마나가 아닌, 장기와 피등에 섞여있는 마나를 빼내기 시작했다.

이것은 굉장히 위험한 일이었다.

서클이 사라지는 것은 물론이고 그 자신의 생명마저 위협당할 수도 있었기 때문이었다.

하지만 진혁은 그것을 겁내지 않았다.

이 아이들을 살릴 수 있다면,

그 무지막지한 악몽에서 구해낼 수 있다면 그자신의 생명이라도 줄 수가 있었다.

자신이 귀환한 게 이 아이들을 구하기 위해서일 수도 있지 않는가.

어어엉.흐엉.

흐어어엉.

진혁의 마나가 아이들이 몸속으로 들어가자 아이들의 입에서 조그만 신음소리가 나왔다.

일단 한숨 돌렸다.

이것으로 아이들은 악몽에서 깨어났을 것이다.

문제는 지금 진혁의 등 뒤에 서있는 고칠삼이었다.

"이 새끼가 뭐하는 짓이야!"

고칠삼은 바지주머니에서 나이프를 꺼내들어 진혁에게 달려들었다.

진혁은 잽싸게 옆으로 피했다.

휘청.

그의 육체가 어지럽다고 말하고 있었다.

방금 오장육부뿐 아니라 핏속에서까지 마나를 빼낸 영향이었다.

물론 생기와 마나는 다르다.

일반 사람들이라면 마나를 빼낸다고 해서 크게 영향 받지 않는 경우가 더 많았다.

하지만 마법사의 경우, 마나가 몸속에서 빠져나가는 것은 극히 위험했다.

"애새끼야, 캠팽장에서 곱게 놀 것이지 여기는 왜 뒤져서 목숨을 재촉하냐?"

고칠삼은 진혁을 향해 비릿한 웃음을 띠면서 말했다.

그는 진혁이 이 근처 캠핑장에 놀러온 애라고 여기는 듯싶었다.

애들은 유달리 호기심이 많다.

캠핑장에서 간혹 그런 애들이 고칠삼의 집 쪽으로 구경오기도 한다.

대부분은 기웃거리다가 그냥 돌아가는 게 보통이었다.

그런데 눈앞의 이놈은 어떻게 해서 거실 바닥에 있는 이 방을 찾아냈는지 모르겠다.

어쨌든 명을 재촉한 셈이었다.

'시간을 끌어야 해.'

진혁은 입술을 깨물었다.

그의 예상대로라면 박정원이 경찰을 보내올 것이다. 평

소 진혁의 행동을 아는 그라면 자신의 전화를 간과하지 않을 것이라고 생각했다.

휘이익.

고칠삼이 나이프를 흔들면서 거들먹거리며 진혁에게 다가왔다.

"어린애들한테 뭐하는 짓이야?"

"쥐새끼가 간도 부었지."

"그래 호기심 때문에 이곳으로 왔다. 그러니 죽더라도 내 호기심은 채우고 죽겠다."

"용감한데?"

고칠삼이 잠시 망설였다.

어차피 이놈은 자신의 손에 죽을 놈이었다.

큰 덩치에 비해 힘은 그다지 없었다.

게다가 얼굴은 아직 파릇파릇한 게 20살은 채 안 돼 보였다.

고칠삼이 언제든 마음먹으면 죽일 수 있는 놈이란 뜻이었다. 게다가 눈앞의 애는 덩치만 컸지 제법 매끈하게 생긴 얼굴이 고와보였다. 피부도 새하얀 게 여자보다 더 매끄러워보였다.

'남자는 관심 없었는데, 뭐 요놈 정도면 제법 댕기는데.'

고칠삼은 자기도 모르게 성욕이 일어났다.

"그래, 네놈한테 자비를 베풀지. 뭐가 궁금해?"

"악마숭배 그런 거야?"

진혁은 일부러 손가락으로 타르탄투니안, 악마사진을 가리키면서 약간은 어눌하게 말했다.

"이 엉아가 악마숭배같은 짓을 할 것처럼 보이야? 그냥 돈을 주니깐 할 뿐이다. 난 저런 취미는 없다고."

고칠삼이 손을 내저었다.

'예상대로군.'

진혁은 생각했다.

그가 쫓는 조직은 지금 극히 신중히 행동하고 있었다. 고칠삼 역시 하수인에 불과했다.

하지만 더 단서를 찾아야 했다.

"돈이 그렇게 중요하냐? 애들을 이 지경으로 만들고……."

"돈? 돈, 중요하지. 네놈도 곧 사회생활을 하면 알게 될 거다. 그리고 난 애들이 좋거든."

고칠삼이 하나 둘씩 깨어나려고 몸을 버둥이는 아이들을 보면서 말했다.

그의 얼굴엔 탐욕이 가득 찼다.

'소아성애자군. 제대로 골랐어.'

진혁은 고칠삼이 너무도 역겨웠다.

"곧 애 하나가 들어오고 6일만 더 있으면 이 일이 끝나거든. 그때는 이 애들이 전부 내 차지란 거지. 너도 원하면

같이 놀아주지."

고칠삼이 진혁과 아이들을 번갈아 쳐다보았다.

'역겹군.'

진혁은 고칠삼이 무슨 생각을 하는지 알 수가 있었다.

'주술이 끝날 동안은 아이들에게 손을 못대게 했겠지.'

진혁의 생각이 맞았다.

고칠삼은 그동안 짓눌린 성욕이 진혁의 등장으로 폭발하기 시작했다.

그는 침대 쪽을 향해서 입맛을 다시고 있었다.

진혁은 그동안 사내, 날파리, 고칠삼과의 대화로 모든 정황을 확실하게 알 수가 있었다.

대룡파 부두목인 고칠삼에겐 아이들을 지키는 임무를 부여했다. 고칠삼은 고칠삼대로 날파리에게 그 일을 시켰고 말이다. 게다가 자신들이 들키지 않도록 사내, 오지명에게 납치건을 뒤집어쓰라고 명령을 내렸다.

이렇게 되면 고칠삼까지 경찰들이 알아내기는 어려웠다. 만일의 경우 고칠삼까지 경찰이 찾아냈다고 해도 그것으로 끝날 것이다.

소아성애자인 그가 아이들을 납치한다고 볼 테니 말이었다.

흐어어어엉.

여자아이의 울음소리가 들렸다.

서유혜였다.

제일 먼저 정신을 차린 게 분명했다.

서유혜는 꿈속에서 깨어나자 그대로 울음부터 터뜨렸다.

이대로라면 고칠삼을 처리해도 진혁에 대해서 서유혜가 경찰에 자신을 보았다고 말할 게 분명했다.

'서유혜가 일어나기 전까지 처리해야 한다.'

진혁은 다시한번 전신의 힘을 모았다.

마나가 없다면, 이 없으면 잇몸이다.

"이제 질문이 없나보지?"

고칠삼이 나이프를 흔들어대면 말했다.

눈앞의 미소녀이 아쉽기는 했지만 이대로 살려둘 수는 없다고 결정을 내린 모양이었다.

자신의 욕망보다는 이 일을 시킨 자가 더 무섭기 때문이었다. 게다가 시킨대 로만 하면 큰돈도 덩달아 굴러오니 말이었다.

이곳에 벌써 24일째 할 일없이 문지기처럼 지냈는데 그 시간이 아까워서라도 일을 그르칠 수는 없었다.

이제 겨우 6일이 남았지 않은가.

일이 끝나고 나면 마음껏 품을 수 있으리라.

고칠삼은 아쉬운 표정으로 진혁을 쳐다보고 있었다.

그때였다.

타아악.

진혁이 고칠삼을 향해서 자신의 몸을 그대로 날렸다. 비록 몸속의 힘은 제대로 모아지지 않고 마나가 빠져나가 힘들지라도 그의 육체 자체는 강철과 같지 않는가.

퍼어어어어퍽.

쿠어어어억.

갑작스럽게 진혁이 자신에게 몸을 날리는 바람에 고칠삼은 나이프를 흔들어보지도 못하고 그대로 벽면으로 나가떨어졌다.

동시에 그는 육체가 단련되면 얼마나 날카로운지 느낄 수가 있었다.

진혁의 몸과 그의 몸이 부딪히자 불처럼 전신이 화끈 거렸다.

그는 비명소리를 냈다.

진혁 역시 멀쩡한 것은 아니었다.

휘청.

간신히 벽면을 붙잡고 진혁은 일어섰다.

고칠삼은 잠시 정신을 잃은 듯 했다.

"흐흐어어어어어."

서유혜는 계속 누워서 울기만 했다.

어떻게 보면 진혁으로선 다행이었다.

자신의 얼굴을 서유혜가 못 보았을 것이다.

화르르륵!

화악.

순간 벽면에 그려져있던 타르탄투니안의 모습이 불꽃처럼 타오르더니 사라졌다.

주술이 깨진 것이다.

서유혜 뿐 아니라 다른 아이들이 깨어나기 시작했기 때문이리라.

'이것으로 그들을 바친 제단은 깨졌군.'

진혁의 시선은 바닥에 쓰러져있는 고칠삼에게 향했다.

"으… 으…."

고칠삼이 정신을 찾았는지 그의 입에서 신음소리가 나고 있었다.

와락.

진혁은 그의 멱살을 쥐면서 말했다.

"누가 그랬어?"

그는 전신의 마나를 쥐어짰다.

어떻게든지 고칠삼으로부터 접선한 자를 알아내야 했다.

"으으으… 모… 몰라…."

고칠삼은 낮은 신음소리를 냈다.

그 순간 진혁은 고칠삼으로부터 그의 머릿속에서 전달된 영상 하나를 보았다.

20대로 보이는 금발머리의 사내.

얼굴 윤곽은 뚜렷하게 보이지 않았지만 사내가 차갑게

웃고 있는 모습이었다.

'이자가 고칠삼과 접선한 자군.'

"이자를 어디서 가면 찾을 수 있나?"

진혁이 고칠삼에게 다시 질문을 했다.

어떻게든지 그에게 하나라도 더 알아내야 했다.

"모몰…… 으아아아아악! 으악! 살려줘!!"

갑자기 고칠삼의 입에서 게거품이 일어나기 시작했다.

"뭐, 뭐하는 거야?"

진혁이 급히 그의 몸을 진정시키려고 했다.

쓰으으윽.

그때 고칠삼이 바닥에 떨어져있던 나이프로 자신의 목을 그었다.

너무도 순간적이었다.

콸콸콸.

고칠삼의 목에서 분수같은 피가 쏟아지고 있었다.

'이런 제길.'

오지명이나 날파리와는 달리 고칠삼에게는 금제가 걸려있었다.

조성진처럼 말이었다.

물론 고칠삼, 그 자신은 몰랐을 것이다.

벽면에 있는 악마의 모습이 사라지고 나면 고칠삼은 원래 그렇게 죽게 될 운명이었다.

'잔인한 것들.'

진혁은 사람을 자신들의 일에 도구로 사용하고 필요 없으면 바로 죽여 버리는 자들에 대해서 분노했다.

그의 온몸이 떨리고 있었다.

그때, 멀리서 경찰이 오고 있었다.

그의 기감이 그렇게 말하고 있었다.

박정원이 제대로 자신이 남긴 단서를 쫓아 와준 것이었다.

진혁은 아이들을 힐끔 쳐다봤다.

거의 깨어나고 있었다.

진혁이 부어진 마나 덕이었다.

'조금만 기다려라. 경찰이 온다.'

진혁은 서둘러 거실위로 올라갔다.

그리고 경찰이 찾을 수 있도록 문을 열어두었다.

그 자신은 휘청거리는 몸으로 빨간 지붕을 나섰다.

최대한, 최대한 이곳에서 멀어져야 했다.

자신이 드러나지 않기 위해서.

Return of the Meister

NEO MODERN FANTASY STORY

10. IMF

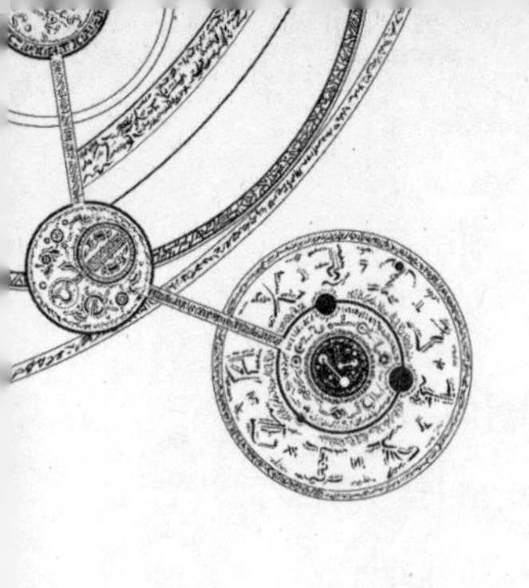

10. IMF

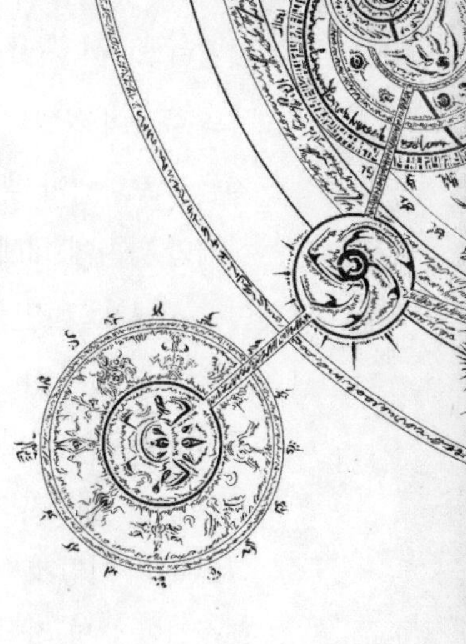

Return of the Meister

서울 소공동 엠마느에 호텔.

젠 폰 드니오는 호텔 방안에 홀로 생각에 잠겨 있었다.

지금 그는 몹시 난처한 지경에 몰려 있었다.

그분이 맡긴 일들이 연속으로 실패를 한 것이었다.

그리고 그는 이 모든 일에 전부 들어가 있는 인물 하나를 떠올렸다.

최진혁.

대한항공 사건 때는 조종실의 목격자로 올라와 있다.

베트남 항공 때는 조성진의 전화통화를 엿듣고 그를 밀고한 정보제공자로 나온다.

또 하나 찝찝한 게 있었다.

타르탄투니안 소환의 주술이 깨진 것은 백번 양보해서 그들의 주술이 완벽하지 못했을 수도 있다.

지금 오르마니아 셈의 힘이 약한 까닭이었다.

하지만 납치에 대해서 죄를 전부 뒤집어쓰기로 한 오지명이란 사내가 그 전날 진혁을 납치한 것은 우연일까?

정황만 보면 이 사건과 전혀 관계가 없다.

운석과 관련이 있었다.

돈에 눈이 먼 오지명이 쓸데없는 짓을 저지른 셈이다.

그런데 왜 이렇게 찝찝할까?

조성진이 분명 진혁을 사로잡았다고 했다. 마법이 들지 않는 몸이니 그가 호텔방을 나섰을 때 몰래 도망쳤을 수도 있다.

하지만 그 얘긴 보고서 어딘가 에도 없다.

최진혁이 그 사실을 숨겼거나, 아니면 경찰 내부에 자신들에게 포섭당하지 않은 간부들중 하나가 그 정보를 숨겨두었을지도 모른다.

이 모든 정황은 자신이 백번 양보해서 보았을 때 일이었다.

최진혁.

모든 사건마다 주연은 아니고 조조연급쯤으로 등장하고 있었다.

이게 다 우연일까?

젠 폰 드니오는 우연을 믿지 않는다.

그리고 비록 나이가 어리다고는 하지만 최한필 교수의 아들이라는 점도 몹시 신경이 쓰였다.

젠 폰 드니오는 금고에서 황금빛 상자를 꺼내들었다. 아무래도 이쯤에서 그분과 연락을 취하는 게 나을 듯싶었다.

휘익 휙.

스르르르륵.

그러자 조성진때와 마찬가지로 황금빛 상자안에 들어있던 황금가루가 허공으로 치솟더니 이리저리 움직이기 시작했다.

곧 입만 있는 얼굴로 변했다.

그를 대하는 젠의 모습은 무척 공손했다.

심지어 무릎까지 꿇고 있었다.

"두려운가 보지?"

입이 말했다.

"면목이 없습니다."

"그럴 테지. 당분간 더는 우리에게 기회가 없다는 거 알고는 있겠지?"

"압니다. 그러기에 더욱 면목이 없습니다."

젠은 고개를 떨구면서 계속 말했다.

"죽으라시면 이 자리에서 죽겠습니다."

"널 죽이려고 했다면 벌써 죽었겠지."

입이 싸늘하게 말했다.

"……."

젠은 그만이 맞는다고 생각했다.

조성진과 그가 함께 벌인 일들이 잇따라 실패했기 때문이었다. 게다가 그 혼자 단독으로 벌인, 타르탄투니안의 계약이 실패했다.

문책이 없을 수 있었다. 죽음까지 각오해야하는 상황이었다.

그런데 지금까지 멀쩡하게 살아있었다.

그 얘긴 아직 그가 할 일이 있다는 것이었다.

"알고 있겠지만 조직의 내부는 지금 무척 복잡하다. 동시에 새로운 연구에 전력을 집중하고 있지."

"알고 있습니다."

"알고 있는 놈이 일을 그따위로 해? 운석을 가져와라. 그것이 남은 희망이다. 조금이라도 연구에 보탬이 되겠지."

입이 말했다.

"운석 말씀이십니까?"

젠이 되물었다.

"그렇다. 우리의 연구결과, 그날 내린 유성우엔 특이한 힘이 있다. 우리의 연구에 도움이 될 힘 말이다. 우리에게 원하는 것을 가져다 줄 수 있는 마지막 기회다."

"반드시 가져다 드리겠습니다."

젠의 얼굴엔 화색이 돌았다.

"또 보고할 게 있지?"

"캉내쉬 총재가 5일 뒤 한국을 비밀리에 방문할 겁니다. 대만쪽도 며칠 뒤면 외환방어 포기선언을 할 것입니다. 그쪽과는 완벽하게 준비가 끝났습니다."

"준비는 다 되겠지?"

"이 일들은 모든 게 완벽하게 진행되고 있습니다."

젠은 일부러 완벽이란 단어에 힘을 주었다.

이것으로나마 그의 위신을 어떻게든 세워보려고 말이었다.

"넌 그 일에서 빠져라."

"저어."

젠이 흠칫거렸다.

"로스 트란이 알아서 할 것이다. 너는 운석을 가지고 와라."

"알겠습니다."

젠은 고개를 숙였다.

이어 입이 사라지고 황금빛 가루만이 남아 상자 속에서 빛났다.

'제길.'

젠은 창밖을 보았다.

멀리 남산타워가 눈에 들어왔다.

그들이 그리는 그림, 지금 가장 중요한 곳은 한국이었다.

아시아의 사룡 중 하나인 한국.

그중에서도 최근 10여년전후로 한국이란 곳이 가장 중요한 성지였다.

이곳을 뒤흔들어야 한다.

경제를 흔들고, 피의 제물을 바쳐가면서 말이었다.

젠은 자신의 위치가 격하되는 것을 느꼈다.

이걸로 로스 트란보다 한수 아래로 떨어질게 뻔했다.

지금까지 쏟은 노력이 허사로 돌아갔다.

그가 그동안 해왔던 일들이 얼마나 많은가.

로스 트란은 자신이 차려놓은 밥상을 그냥 받아먹는 셈이었다.

자신이 운석 심부름꾼 역할로 전락할 때 로스 트란은 세계에서 내놓으라는 기업가들과 함께 연회를 즐기고 있을 것이다.

젠은 짜증이 몰려왔다.

자신의 일이 이렇게 된 원인이 단순히 주술이 약해서이거나 운이 나빠서라고 하기 엔 너무도 이상했다.

'최진혁 그놈을 확인해야 하는데.'

젠은 자신의 직감이 틀렸다고 생각하지 않았다. 하지만 지금으로서는 그를 건드릴 수가 없었다.

최한필 교수와 약속이 돼 있었다.

가족을 건드리지 않기로 한 이상 그를 납치할 수가 없었다.

조성진이 진혁을 잡았을 때도 기억을 지우고 놓아주라고 하지 않았던가.

그분이 그렇게 말한 이상 젠도 어쩔 수가 없었다.

젠은 이를 딱딱 부딪쳤다.

일이 잘 안 풀릴 때 자신도 모르게 나오는 습관이었다.

그는 자신의 경쟁자이자 라이벌인 로스 트란에게 우위를 뺏긴 것에 대해서 분노하고 있었다.

얼마 전 조성진보다 한발 앞서 나갔다는 기쁨을 채 만끽하기도 전에 말이었다.

그분은 항상 이런 식으로 제자들을 경쟁시켰다.

젠은 제자들 중 누군가가 후계자로 지명되기 전까지는 이런 경쟁은 어쩔 수 없다는 것을 알고 있었다.

죽은 조성진을 빼더라도 그에겐 아직 라이벌이 4명이나 더 있었다.

"어떻게 할까?"

수화기 너머 백곰의 목소리가 흘러 나왔다.

모르긴 몰라도 그는 무척 신나보였다.

"떨어질 수밖에 없었을 겁니다."

지금 정부에서는 외환시장과 금융시장을 안정화하기 위해서 외자유입 자유화조치를 취했다.

그뿐인가.

20일날엔 또다시 금융시장 안정대책을 발표했다.

근로자주식저축 1년 연장, 한통주상장연기, 3년이상 투자 배당 소득분리과세의 내용을 주 골자로 했다.

그덕분에 치솟던 환율이 서서히 가라앉고 있었다.

1690원에 이었던 환율이 도로 1280원까지 내려갔다.

백곰은 그야말로 싱글벙글이었다.

이 발표가 나기전에 1100원에 샀던 달러를 1630원에 팔았다.

덕분에 진혁은 2억이었던 초기원금이 5억 9천쯤으로 다다랐다.

그보다 많은 5억쯤 투자했던 백곰은 한번 실수 한 것만 빼면 10억이 조금 넘게 수중에 들어왔으니 단시일에 돈을 번 것 치고 엄청난 액수였다.

그런데 그들은 이것 외에 운석을 팔아 받은 달러가 있었다.

진혁은 85억쯤, 백곰은 28억쯤되었다.

"정부가 대책마련에 난리를 치고 외자유치를 한다고 하

니 그럴 수밖에. 쩝, 이제 이 재미도 끝인가?”

백곰이 넌지시 물었다.

“그럴 리가 있겠습니까? 내일 다시 매입할 겁니다.”

“내일?”

백곰은 자신의 귀를 의심했다.

“너무 빠른 거 아닐까? 정부에서 이렇게 전력을 쏟고 있는데.”

“전 결정했습니다. 제 돈은 전부 내일 달러로 바꾸어 주십시오.”

진혁은 딱 잘라 말했다.

“알았네.”

백곰은 수화기를 내려놓고 또다시 고민에 빠졌다.

그의 고민은 다음 날 돼서 더 심해졌다.

피치IBCA에서 대한민국 현행 국가신용등급을 유지한다는 발표를 했다.

그야말로 서서히 꺼지고 있던 환율시장은 더욱 가라앉았다.

예년 평균 환율로 까지 다다르고 있었다.

1030원.

백곰은 다시한번 진혁에게 전화를 걸었다.

늘 진혁의 판단이 옳은 것만은 아니다.

이쯤에서 경험 많은 자신이 조언을 해줘야겠다고 생각

했다.

기업체들이 부도나는 게 어제 오늘의 일인가?

그전에도 8위가 아닌 3위 그룹이 공중 해체된 적도 있었다.

그래도 대한민국은 멀쩡하게 돌아갔다.

그동안 환율사태는 단순히 달러를 제대로 보유하지 못했던 정부를 실책이었다.

그러나 정부가 외자유치 등 적극적으로 달러를 확보하고 있다.

그렇다면 이제 달아오른 외환시장이 제자리를 찾아가는 것은 당연했다.

물론 지금 산다고 해도 진혁이나 백곰은 손해는 아니다. 천원쯤 내려간다고 해도 그동안 번 돈을 생각하면 큰 손해는 아니었다.

그런데 사람의 욕심은 끝없었다.

처음 몇억 갖고 환율투기를 할 때와는 지금 또 상황이 달랐다.

"최 사장, 아무래도 조금 더 있다가 사는 게 어때?"

백곰은 주식회사 설립 후 진혁을 대표이사로 앉혀놓았다.

그 후엔 진혁에게 최 사장이란 호칭을 쓰고 있었다. 자신보다 몇 배나 나이어린 진혁에게 말이었다.

"백 이사님, 저는 변함이 없습니다. 지금 매입을 서둘러 주십시오. 백 이사님의 돈에 대해서는 제가 조언할 입장이 아니지만 곧 환율은 다시 치솟습니다."

진혁은 단호하게 말했다.

백곰은 답답했다.

하지만 진혁의 말이 맞는다면…….

혹은 자신이 맞는다면.

두 가지의 갈림길에서 혼란이 왔다.

"백 이사님, 저는 이달 말에 오늘 매입한 달러를 전부 팔 겁니다. 대략 1900원대까지 오를 거라고 예상합니다. 만약 제가 맞는다면 백이상님 소유의 돈은 71억쯤 됩니다. 또한 만약 제가 틀렸다면 그 돈은 33억쯤 되있을 겁니다. 원래 가지고 계신 돈에서 약 5억쯤 손해가 됩니다. 지금 백 이사님은 5억 손해를 보거나 33억 이익을 볼 수 있는 갈래에 서 계신 겁니다."

진혁이 또박또박 백곰, 백 이사라고 부르는 백군상에게 설명했다.

"……."

백곰은 말없이 진혁의 말을 듣고 있었다.

진혁은 굳이 백곰을 이렇게까지 설득할 필요는 없었다. 그 자신도 완전히 확신을 가질 수 없기 때문이었다. 자신이 현재 일어나는 사건들을 몇 가지 바꾸었다. 아니, 다른 사건들은 과거 일어났는지 그 자신도 정확히는 모른다. 하지만 대한항공 사건은 정확하게 일어났고 그 일을 그 자신이 막았다.

그런 점에서 지금 진혁이 서있는 현실은 미래가 달라질 수 있다는 것을 의미했다.

한국이 꼭 IMF를 맞으란 법은 없는 상황이었다.

'돈을 벌려면 때로는 과감할 수밖에 없다.'

진혁은 그렇게 생각하고 있었다.

그가 현재 가지고 있는 90억쯤 되는 돈은 사업을 시작하면 태양빛에 녹는 눈덩이처럼 순식간에 사그라질 수도 있었다.

최대한 이 기회에 자신은 도박을 걸어야 했다.

그 역시도 90억쯤 되는 돈을 걸면 80억을 더 벌거나 12억쯤 손해를 보게 된다.

그런 상황 속에서도 진혁은 자신이 백곰에게 보여줄 수 있는 최선을 다하고 있었다.

지금 한국경제 돌아가는 상황을 이미 벌어졌고, 그 일은 그가 걷잡을 수 있는 사태가 아니었다.

진혁은 지금 안정화 정책을 내놓고 있는 정부의 대처가 오히려 수상했다.

무언가 있다는 느낌을 지울 수가 없었다.

만약 그의 느낌이 맞는다면 이 사태는 이정도로 끝날 것 같지 않았다.

"알았네."

백곰이 결심한 듯이 말했다.

그와 진혁은 자신들의 전 재산을 달러 매입에 나섰다.

정부의 적극적인 정책과 세계3대 신용평가기관의 발표 덕에 환율은 계속 내리고 있었다.

덕분에 두 사람의 달러매입도 순조로웠다.

그만큼 백곰의 안색은 창백해졌다.

◇

백곰의 걱정은 그 다음 날 씻은 듯이 사라졌다.

국가의 불행이 그 자신에게 행운이 된 셈이었다.

백곰은 혼자서 넋 나간 사람처럼 실실 거렸다.

IBCA의 국가신용등급유지 발표에도 불구하고 다음 날 터진 기린자동차의 법정관리 신청, 그리고 그 다음 날 터진 홍콩 증시 폭락.

결국 미국 스탠더드 앤 푸어스에 의해서 한국 국가신용등급을 하향조정한다는 발표가 있었다.

환율이 치솟는 것을 당연했다.

게다가 해외시장도 큰 영향을 끼쳤다.

28일 미국 다우존스지수가 하루만에 7.2% 하락했다.

그 영향으로 한국의 주가지수 500선이 붕괴됐다.

이에 미국 투자기관 모건스탠리에서 '아시아를 떠나라' 라는 보고서를 띄웠다.

물론 29일 정부에서는 곧 정부 금융시장안정대책발표를 내었다.

연기금 3조 규모 주식매입, 채권시장개방확대, 기업구조조정등에 관한 것이었다.

"내일 오전에 팝니다."

진혁이 백곰, 백군상에게 말했다.

그들은 함께 명동에서 만나 저녁을 먹고 있었다.

"무조건 자네 말에 오케이네."

백군상이 엄지손가락을 치켜들었다.

얼마 전 진혁이 강하게 얘기하지 않았더라면 그는 1030원대의 달러를 매입하지 못했을 것이다.

그 뒤로 환율은 약간 하락세를 보이다가 연달아 일어난 소식에 치솟고 있었다.

현재 1693원이었다.

이정도도 굉장한 수익이었다.

"정말 고맙네. 자네가 강하게 나오지 않았더라면 난 절대 매입하지 않았을 거야."

"아닙니다. 백 이사님이 제 의견을 따라주신 것만으로도 감사합니다."

진혁이 싱긋 웃었다.

하지만 이내 그의 표정은 굳어졌다.

이 상태로 보아 한국은 IMF라는 사태를 예정 그대로 맞이하게 되는 것이었다.

그가 저지할 방법이 없었다.

이처럼 거대한 사건은 단순히 몇몇 사람들이 나선다고 해결될 일이 아니었다.

거대한 자연의 흐름 앞에 어쩔 수 없는 무력감이, 이처럼 인간사에서 일어나는 거대한 변혁의 쓰나미 앞에 다시 한번 느껴지고 있었다.

"나도 마음은 안 편하네."

백군상이 진혁의 마음을 안다는 듯이 한마디를 했다. 불판에 고기는 여전히 맛있게 지글지글 거리고 있었다. 하지만 두 사람은 말없이 각자의 생각에 잠겼다.

"백 이사님, 내일 달러를 팔게 되면 전부 외환은행으로 입금시켜주십시오. 당분간 그대로 두겠습니다."

"외환은행은 이율이 그다지 안 높은데."

백곰이 말했다.

나라의 경제가 혼란스러운 것은 혼란스러운 것이고 좀 더 돈을 불릴 생각에 욕심이 났기 때문이었다.

"당분간 그대로 두게 될지 모르겠습니다."

진혁이 말했다.

"그렇지, 주식시장도 붕괴되었는데 섣부르게 투자는 안 되지. 그렇지만 환율은 계속 등락을 할 수 있으니 조금 더 해보는 게 어떨까?"

백곰이 아쉬운 듯이 말했다.

"당분간은 환율에서 손 뗍니다."

진혁이 딱잘라 말했다.

"휴우, 최 사장이 그렇다면 그런 거지. 그러면 외환은행 말고 종금사는 어떤가? 거기 사람들 내가 잘 아는데, 그들과 협상하면 본래 이자보다 1,2%로 더 받을 수도 있거든."

백곰이 자랑스럽게 말했다.

평소 명동에서 여러 종합금융사를 돌아다니면서 직원들과 친분을 튼 보람이 있다고 생각했다.

하지만 진혁은 달랐다.

그가 아는 과거라면 종금사들은 12월 초가 되면 업무정지라는 초유의 사태를 맞게 된다.

그때 자신의 예금을 찾으려고 몰려든 사람들로 명동은 엄청나게 북적거렸다.

하지만 업무정지기간에는 예금을 찾을 수가 없다.

사람들은 연일 종금사가 있는 건물 앞에서 데모를 해댔다.

'물론 업무정지가 풀린 후 사람들에게 그동안의 수익을 감안해서 더 높은 수익을 매겨 예금을 돌려주었지.'

진혁은 그 부분에 대해서는 잘 알고 있었다.

김호식 교수의 부인 이해수의 예금이 그때 종금사에 묶여버렸기 때문이었다.

종종 자신의 집으로 오면 이해수는 그 일을 얘기하면서 금전적으로 못 도와주는 것을 미안해했다.

하지만 그 이후 이해수가 자신의 집에 찾아오지 못했던 것은 남편 김호식 교수가 가지 못하게 해서였다.

겉으론 김호식은 진혁의 가족을 동정하고 도와주는 척 하면서 뒤에서는 친구 최한필의 납치와 그 가족의 몰락을 즐기고 있었던 셈이었다.

물론 이해수가 남편 김호식 교수의 내막을 알리는 없었다.

진혁은 김호식 교수가 떠오르자 다시 한 번 치를 떨었다.

교수에 대한 배신감도 배신감이거니와 교수를 포섭한 자에 대한 분노였다.

"괜찮나?"

백군상이 물었다.

"괜찮습니다. 전 한 달에 3억 벌자고 백 이사님 원망을 듣고는 싶지 않습니다."

진혁이 딱 잘라 말했다.

만약 종금사에 예금이 한 달 묶이게 된다면 그 한 달 동안 백곰이 어떤 행동을 보일지 뻔했다.

아무리 예금을 안전하게 돌려받을 수 있다고 설득해도 한 달 그 자신을 괴롭힐 게 뻔했다.

실제로 종금사들이 업무정지 당했을 때, 찾아온 고객들에게 열심히 상황을 설명하고 예금을 돌려받을 수 있다고 설명하고 설득하지 않았던가.

하지만 그 말을 믿는 고객보다는 종금사가 있는 건물 앞에 진을 치고 데모를 벌이면서 울고불고한 고객들이 더 많았다.

종금사들은 업무정지가 풀린 후 예금이 그동안 묶인 고객들에게 연이율 26%라는 경이로운 이자계산을 해서 원금을 돌려주었다.

하지만 백군상이 이를 알리는 없었다.

"뭐… 한 달에 3억?"

백군상이 의아한 듯이 쳐다보았다.

종금사 이율이 아무리 높다고 한들 13-14%선이었다. 거기다 자신이 1-2% 협상을 한다고 해도 15-16%가 최선이었다.

진혁이 내일 벌어들일 돈을 대충 170억으로 잡고 한 달 이자를 계산해보아도 2억 2천이 안 넘었다.

그런데 진혁은 3억이라고 얘기하고 있었다.

'머릿속으로 계산은 잘 못하나보지.'

백군상은 그렇게 생각했다.

그는 각 금융기관의 금리에 대해서는 빠싹 했다.

그리고 그 자리에서 금리를 가지고 이자계산을 계산기 없이 하는 것만큼은 누구보다 명동바닥에서 최고라고 자부하고 있었다.

◈

어느새 11월이 되었다.

대한민국은 그야말로 초긴장, 일촉즉발의 상황이었다.

환율시장은 전날 사상 최고치인 1980원으로 마감되었다.

진혁과 백곰은 오전에 1936원일 때 갖고 있던 달러를 전부 팔아치웠다.

오후에 일시적으로 시장정지 사태가 벌어지기 까지 했다.

"오빠, 난 이해가 안 간다."

소희가 거실에 앉아 뉴스를 지켜보면서 말했다.

어렸을 때부터 교수집안답게 늘 뉴스를 틀어놓은 덕분인지 소희도 드라마보다는 뉴스를 더 좋아했다.

"뭐가?"

진혁이 고개를 갸웃거리는 소희의 모습이 귀엽다는 듯이 말했다.

"좀 전에 국무총리가 나와서 한국 경제는 펀더멘털이 튼튼하다고 했거든."

"네가 펀더멘털도 알아?"

"에이, 그 정도는 나도 안다. 기초여건이란 뜻이잖아."

소희가 킥킥 웃어대며 진명의 옆구리를 찔렀다.

아마도 진명이 뉴스를 보다가 알려줬을 것이다.

진혁은 일부러 모른 척 시치미를 떼었다.

"우리 소희 최고구나!"

"그렇지, 나 최고지. 킄킄."

소희는 약간 찔리는지 웃어대면서 말했다.

"그런데 방금 해태그룹 부도났다고 자막으로 지나가더라."

"그렇구나."

진혁이 고개를 끄덕였다.

모든건 그가 알던 과거 그대로였다.

자신이 급락하는 환율 덕분에 원래 돈보다 더 많은 돈을 벌 수 있었는데도 기쁘지 않은 건 바로 IMF라는 국가사상 초유의 사태가 올 것을 알고 있기 때문이리라.

"할머니네 식당도 요즘 잘 안 된데."

지혜가 껴들었다.

그 말에 소희랑 진명도 약간 우울한 기색이었다.

진혁은 이미 예상하고 있던 일이었다.

"오빠가 한번 식당에 나가볼게. 그러니 너희들은 너무 걱정하지 마."

"에이, 오빠가 무슨 수로 식당에 손님들을 끌어 모을 수 있어? 아무리 오빠가 천하무적 힘세다고 해도 그건 어려워."

소희가 단정하듯이 말했다.

어린 그녀가 생각해도 식당장사는 힘이 세다고 잘되는 게 아닐 테니깐 말이었다.

"그렇지, 소희 말이 맞아. 그래도 무슨 방법이 없나 고민은 좀 해볼 수 있지."

진혁이 소희의 머리를 쓰다듬으며 말했다.

"우리도 같이 고민해줄게."

지혜가 신나서 말했다.

지혜는 진혁과 함께 무엇인가 하는 것이 무척 좋았다.

곧 그녀의 어머니가 서울로 올라온다.

계룡산 밑에서 운영하던 지혜네 식당은 워낙 등산객들이 많았다.

그러다보니 팔라고 찾아오는 사람들도 많았다.

지혜 때문에 그녀의 어머니는 어쩔 수없이 애착을 갖던 수정식당을 팔았다.

딸을 언제까지 서울에, 좁은 빌라에 맡겨놓고만 있을 수가 없었기 때문이었다.

그 덕에 그녀는 꽤 웃돈까지 얹혀 받고 식당을 팔았다. 다만, 지혜가 어머니가 오는 것을 꺼려해서 결국 12월에 같이 살기로 타협을 본 것이었다.

그러니 지혜에게서 진혁과 함께 살 수 있는 기간은 한 달여밖에 남지 않았다.

그사이 어머니는 서울에서 자신들이 살 보금자리를 찬찬이 살펴보실 것이다.

결과적으로 지혜가 진혁이네와 살겠다고 조른 것이 그녀 어머니를 구해준 셈이었다.

이제 지난달 중순부터 잘되던 식당들의 영업이 갑자기 뚝 떨어지기 시작했기 때문이었다.

'의도한 것은 아니겠지만, 외할아버지는 하필 경기가 최악일 때 들어가시고, 지혜네는 그전에 빠져나오는구나.'

진혁은 지혜를 보면서 생각했다.

자신은 머리를 굴러가면서 열심히 사건을 해결하고, 돈문제를 고민했다.

외할아버지의 식당개업에 대해서도 적극 반대의사를 표명했지만 결국 막지를 못했다.

그런데 반해, 지혜는 딱히 의도하지 않았는데 자신의 어머니가 망하게 되는 것을 자연스레 구하게 된 셈이었다.

진혁은 왠지 자신보다 지혜가 더 대단해보였다.

지혜의 커다랗고 까만 눈동자가 반짝반짝 거리면서 진혁을 쳐다보았다.

"도대체 대통령은 뭐하고 있는 거야!"

옆에서 갑자기 TV를 보던 소희가 소리를 빽질렀다.

어린 아이가 보기에도 기업체들이 줄줄이 부도나는 게 속상한 듯싶었다.

"이거나 봐라."

옆에서 진명이 소희에게 책 한권을 던져 줬다.

주간소년점프였다.

"와아, 원피스 나왔어?"

소희의 눈이 반짝 거렸다.

"내가 너 주려고 어제 서점에서 나오자마자 사왔어."

진명이 자랑스럽게 말했다.

"크크크크, 이거 다볼 동안은 오빠 대접 해줄게."

"이럴 때만 오빠 대접이야."

"칫, 쌍둥이니깐 그렇지. 5분 차이에 오빠라니."

소희는 입술을 삐죽 내면서도 제법 기분이 좋아보였다.

그녀는 잽싸게 주간소년점프를 집어 들어 책장을 넘기기 시작했다.

그리고는 이내 만화에 푹 빠져들었다.

'아아, 원피스가 이때 연재를 시작했구나.'

진혁은 그 광경을 보고 자신도 모르게 뒤통수를 긁적였다.

과거 만화 원피스는 그도 매우 즐겨 보던 거였다.

"난 이거나 볼래."

지혜가 책 한권을 꺼내들었다.

해리포터와 마법사의 돌이었다.

발간된 지 얼마 안됐는데 전 세계적으로 엄청난 인기를 끌고 있었다.

"나도 같이 보자."

진명이 지혜의 곁으로 바짝 달라붙었다.

진혁은 나란히 붙어 만화와 책을 보는 아이들을 보면서 추억에 젖어들었다.

1997년엔 경제뿐 아니라 대한민국에서 영국의 조앤롤링이 쓴 해리포터와 일본의 오다에가 그린 원피스의 신화가 시작되고 있던 해였다.

❖

"저어, 대통령 각하."

"왜?"

김영민 대통령은 점심식사로 칼국수를 맛있게 먹은 뒤 밀려오는 나른함에 하품을 했다.

그는 마음같아선 강만철 부총리를 만나고 싶지도 않았다. 요사이 너무 많은 악재에 심신이 지쳤기 때문이었다.

하지만 대통령이라는 직책이 부총리를 안 만나고 싶다고 안 만날 수 있는 것도 아니었다.

대한민국에서 제1인자라는 권위는 그에 수반해서 의무감이 따르기 때문이었다.

그리고 대통령과 경제부총리의 관계는 매우 밀접해야 했다.

강만철의 얼굴은 매우 심각했다.

김영민 대통령은 인상을 썼다.

부총리의 표정을 보니 또 안 좋은 소식을 전하려는 듯 싶었어.

"뭔데?"

"아무래도 구제금융을 신청해야할 것 같습니다."

"구제금융? 우리 사정이 그렇게 안 좋아?"

"그, 그렇습니다."

"그게 말이 돼? 얼마 전에 캉내쉬가 한국금융시장은 동남아국가와 같은 위기상황이 아니라고 언급하지 않았던가!"

김영민 대통령은 화가 나 소리를 빽 질렀다.

"그게……."

쾅!

대통령은 화가 나서 자신의 앞에 놓인 마호가니 탁자에 주먹을 내려쳤다.

"지금 쟤들이 우리를 갖고 노는 거야? 얼마 전에는 신용회복 이상 없다 해놓고 며칠 후 신용 하향조정한다. 어쩐다 하더니 이번엔 캉내쉬가 나를 물 먹여!"

"저어…. 지금으로선 캉내쉬 IMF총재와의 관계가 매우 중요합니다."

강부총리는 안절부절이 되어 대통령에게 상황을 설명했다.

"종금사들 상황도 많이 안 좋습니다. 그간 부도난 기업체들에게 투자한 채권회수 불능 때문에 보유자금이 바닥난 상태입니다. 게다가 동남아에 투자한 채권들이 역시 회수가 안 되고 있습니다. 태국, 대만 등에서 발발한 금융위기 때문에 종금사들이 위태롭습니다. 당장 유동적인 자금이 바닥난 상태입니다. 종금사에 대한 지원을 하셔야 합니다."

"올해 긴급융자랑 유럽에서 자금 빌려왔잖아? 그리고 해외자산도 꽤 있고 말이야. 그것들 다 어따 쓰고 말이야!"

김영민대통령은 짜증나는 표정을 지으면서 말했다.

강만철부총리는 침울한 표정으로 대답했다.

"올초 해외시장에서 빌려온 단기차입으로 인해 오히려 국가적 위기가 더 심각해진 것으로 보고 있습니다. 특히 한국은행에서 끌어들인 단기자금들이 서구유럽 대형은행들의 자금이었습니다. 결과적으로 그들에게 저희의 내부사정을 훤히 보여주는 꼴 밖에 되지 않았습니다. 게다가 그렇게 빌린 150억 달러에 육박하는 돈의 반환이 지난 10월이었습니다. 그때 보고 드린 대로 브라질 국채, 러시아 정부발행채권 등 팔 수 있는 해외자산은 닥치는 대로 매각했습니다. 현재로서는 다른 모든 나라의 금융기관들이 달러를 빌려주기는커녕 채무유예마저 거절하고 있습니다."

"그래서?"

김영민대통령이 부총리를 노려보면서 말했다.

강만철부총리는 대통령이 어떻게 나오든 이미 각오를 했는지 요지부동의 자세로 말했다.

"구제금융 요청에 관한 실무진 검토를 제안합니다."

"……."

김영민대통령의 얼굴은 그야말로 똥 씹은 표정이었다.

문민대통령으로서 자신의 업적이 IMF 한방으로 추락할 게 뻔했다.

"미국 있잖아. 원조 요청해봐."

"미국 측에서 거절했습니다. 이번 기회에 한국 경제를 전반적으로 뜯어고치지 않으면 도움을 주어도 회생자체가 힘들다고 보고 있다고 합니다. 미합중국 클리터 대통령이 특히 완강하게 원조를 반대한다고 합니다."

강만철부총리는 보고를 하면서도 입술이 바짝 타들어갔다.

"개새끼들, 내 앞에서 좋다고 웃을 때는 언제고."

김영민대통령은 단단히 기분이 상할 수밖에 없었다. 그는 강만철부총리를 노려보면서 말했다.

"일본 있잖아, 개들한테 좀 빌려봐."

"그게……."

강부총리의 입에서 한숨 소리가 나왔다.

"그쪽도 80년대 거품경제가 꺼지면서 부실채권을 감당할 수 없게 되었습니다. 지금 일본 쪽도 심심찮게 자국 금융회사가 파산되질도 모른다는 소리가 들려오고 있습니다."

"파산? 그래도 개들은 달러 많잖아."

김영민대통령의 얼굴에서 짜증이 일었다.

"일본 쪽에 그동안 빌린 자금 중 만기상환이 도래한 것들이 있습니다. 하지만 그쪽에서는 저희 정부의 만기상환 유예 부탁마저 거절했습니다. 동남아시아 시장 전체가 흔들리는 상황이다 보니 자국의 안전을 최우선으로 하겠다고 합니다. 그리고 솔직히 말씀드리자면, 일본과 그동안 외교상황이 안 좋지 않았습니까? 일본 측에서 자국의 경제가 대폭 꺼지고 있는 상황에서 무리하게 사이도 좋지 않은 한국에게 원조하기 싫다고 분명하게 의사를 표현했습니다."

"……."

김영민 대통령은 꿀 먹은 벙어리가 되었다.

그동안 일본 측과 외교적으로 화해 제스처를 쓰지 않고 강경노선을 택한 것은 그 자신의 결정이었기 때문이었다.

하지만 그는 일본정부가 만기상환유예마저 해주지 않은 게 그 자신의 외교정책 탓이라고 해도 후회하지 않았다.

아무리 경제가 위태로워진다고 해도 절대 일본 정부와 타협해서 지낼 수는 없었다.

그것이 그의 평생 신념이었다.

하지만 국가부도라는 초유의 사태를 눈앞에 보고 있는 대통령으로서의 책임감은 회피할 수가 없게 되었다.

김영민대통령의 얼굴은 점점 똥씹은 표정이 되었다.

강부총리는 그런 대통령의 얼굴을 보면서 머뭇머뭇 거리면서도 계속 말을 이어나갔다.

오늘 단단히 작심을 하고 온 듯싶었다.

"저어… 자유민주당과 한누리당, 새국민당들 총재들과도 의논하셔야 합니다."

"뭣이?"

김영민대통령이 얼굴이 더욱 벌게졌다.

"그게… 사전에 캉내쉬 총재와 대화를 나눠봤는데……."

강만철부총리는 차마 이 말이 목구멍에서 쉽게 나오지 않았다.

방금 전까지 요지부동의 자세로 대통령에게 보고하던

태도와는 180도 달랐다.

아니, 이미 그의 마음은 처음 대통령에게 이 보고를 하기전 부터 억장이 무너져있었다.

다만, 부총리로서 대통령 앞에서 이 상황을 세세하게 보고할 의무가 있었기에…….

마지막 보고를 남기고 강만철부총리는 참았던 눈물이 복받쳐오는 것을 느꼈다.

울컥.

그의 눈가에선 눈물이 주르륵 흘러 내려왔다.

그래도 보고는 마쳐야 했다. 이 사안이야말로 오늘 보고의 핵심이었기 때문이었다.

그는 간신히 입을 열어 보고를 계속했다.

그의 목소리는 울먹임으로 가득했다.

"현재 임기 말인 대통령을 믿고…… 협상을 할 수는 없답니다. 캉내쉬 총재는……. 한국의 여당총재뿐 아니라… 야당총재등 차기 대권주자들 전부가 서명을 하면 협상에 임하겠다고 합니……다……."

털썩.

강부총리는 나오지 않는 말을 간신히 쏟아내고는 대통령 앞에서 무릎을 꿇었다.

…….

대통령실에 정적이 찾아왔다.

김영민대통령은 강만철부총리의 보고를 모두 듣고서야 사태가 매우 심각하다는 것을 인지했다.

이제는 자존심 따위가 문제가 아니었다.

그는 조용히 강만철부총리를 내려다보았다.

"각하, 죄송합…니…다."

강만철부총리는 간신히 마지막 말을 마치고서는 고개를 떨구었다.

정적이 깃든 대통령실에는 강부총리의 흐느끼는 소리만이 있었다.

◈

진혁은 평일 수업을 마치고 외할머니 김정자와 어머니 장혜자가 일하고 계신 식당이 있는 강남역으로 향했다.

그의 옆에는 동생들과 지혜가 동행했다.

모처럼 동생들을 데리고 식당에서 밥 먹기로 했다.

네 사람은 2호선 강남역에서 내려서 식당이 있는 말죽거리 방면으로 걸어 올라갔다.

'위치도 그다지 안 좋네.'

진혁은 주변을 둘러보았다.

강남역 바로 근처는 주로 사람들이 저녁에 몰려와 식사와 술을 마신다.

하지만 같은 강남역이라고 해도 말죽거리 방면은 주로 회사건물들이 대로변에 밀집돼있고 그 뒤편으로 밤 문화를 즐길 수 있는 곳들이 즐비했다.

식당보다는 당구장과 술집이 더 많은 곳이었다.

이런 곳에 대형식당을 차린 것이다.

그것도 고기전문점을 말이었다.

평소라면 그래도 영업은 될 것이다.

강남역에서 10여분만 걸으면 되는 거리이니 고기가 맛 대비해서 가격이 저렴하고 특제소스가 유명하다면 충분히 사람들은 이곳을 찾아온다.

그래서 영업 초반에도 불구하고 어느 정도 장사가 유지되지 않았던가.

그런데 지금은 대한민국 상황이 전혀 달랐다.

10월 중순 이후로 모든 식당 뿐 아니라 웬만한 가게들이 다 얼어붙었다.

사람들의 소비가 극도로 위축된 셈이었다.

그럴 수밖에.

남편이 다니는 회사가 영업정지 당하고, 폐쇄당하고 부도가 나는 판국에.

그것도 중소기업이 아닌 재계에서 내놓으라는 기업체들이 무너지고 있으니 사람들은 그야말로 공포심을 느낄 수밖에 없었다.

그런 상황이다 보니 자연스럽게 외할머니가 운영하는 식당도 손님이 급격하게 줄었다.

"저희들 왔어요!"

소희가 먼저 종알거리면서 엄마 장혜자에게 안겼다.

"어서와."

"들어와라."

외할머니 김정자도 어머니 장혜자와 함께 계산대에 앉아 있었다.

두 사람은 아이들을 반갑게 맞아 주었다.

"진혁인 몰라보게 컸네."

김정자가 진혁을 보면서 감탄했다.

깡마르고 작았던 아이가 언제 저렇게 컸는지.

이제 180cm 정도 되어 보였다.

"더 크면 징그럽다."

김정자가 웃으면서 한마디 했다.

"더 클 것 같지는 않습니다."

진혁이 웃어보였다.

"여전히 말투가 저러네. 호호호."

김정자가 모처럼 웃음이 나왔다. 손주들을 보고 있으니 기운이 좀 나는 듯 했다.

"여기들 앉아라."

김정자는 아이들을 계산대 뒤에 있는 곳에 앉혔다.

'역시 손님이 거의 없군.'

진혁은 식당 안을 슬쩍 살펴보았다.

그들이 앉아있는 계산대 뒤편은 그들뿐이었다. 앞쪽의 방에는 한 테이블 만이 돌아가고 있었다.

'외할머니께서 답답하시겠군.'

진혁은 자신도 모르게 쓸쓸한 미소를 지었다.

이렇게 되면 외할아버지는 매달 내는 월세를 감당할 수가 없을 것이다.

그것뿐인가.

이 큰 식당에 일하고 있는 아주머니들에게도 제대로 월급을 지불할 수 없을 게 뻔했다.

진혁은 주방 안쪽을 쳐다보았다.

아니나 다를까.

식당에서 일하시는 아주머니들의 얼굴도 어두웠다.

'내가 돈을 대드린다고 전부 해결되는 것은 아니고.'

진혁은 고민에 빠졌다.

물론 외할아버지 대신 월세를 내드리고 아주머니 월급을 내드릴 수 있다.

하지만 그렇다고 텅 빈 식당을 채울 수는 없었다.

고기값을 대폭 내린다고 해도 지금 상황은 더 악화되고 있으니 손님들이 그렇게 많이 몰려올 것 같지는 않았다.

"고기들 많이 먹어라."

김정자의 말에 아이들은 일제히 환호성을 지르면서 달려들었다.

불판에 고기들이 지글지글 익었다.

"이 소스 정말 대박이에요!"

진명이조차 감탄하면서 고기를 연신 소스에 찍어먹었다.

"너희들 왔구나."

외할아버지 장석 철이 퇴근 후 식당으로 온 것이었다.

그는 식당을 개업한 이후 매일 저녁 퇴근 후에는 꼭 들렀다.

"오늘은 늦으셨네요."

김정자가 말했다.

"요즘 세상 분위기가 안 좋다 보니… 일찍 퇴근하기도 그래. 명색이 내가 사장인데."

"그렇긴 하네요."

김정자가 맞장구를 쳤다.

"진혁이도 왔구나."

장석철은 진혁이를 반겼다.

"내가 니 녀석 말을 들었어야 하는데."

그는 텅 빈 식당을 보면서 한숨 쉬듯이 말했다.

"할아버지, 너무 걱정 마십시오."

"다 내 탓이다."

식당 안에는 장석철의 한탄 소리가 더욱 크게 울리는 듯

했다.

진명이도 고기를 집다말고 외할아버지 장석철을 쳐다보았다.

그런 외할아버지 앞에서 고기를 맛있게 먹는다는데 아무래도 눈치가 보였다.

"진명이 녀석, 어여 고기 먹어라. 이 할아버지가 늙었나 보다. 예전 같지 않아. 감이 안 좋네."

"그만하고 식사하세요. 애들이 당신 눈치 봐요."

김정자가 장석철을 타박한다.

좀처럼 볼 수 없는 광경이었다.

그전까지 군인의 아내로서 남편의 말에 절대복종하면서 살아왔던 김정자이다.

'두 분 관계가 많이 달라졌네.'

진혁은 김정자의 위상이 높아진 것에는 만족스러웠다. 하지만 주눅이 든 장석철을 보니 마음이 짠했다.

과거 자신들의 딸을 매정하게 내치고 손주들까지 내친 그였다.

절대 용서하지 않으리라 다짐했던 시절도 있었다.

그리고 그것들을 전부 잊어가던 시절도 있었다.

귀환하고 다시 뵈니 그저 살아계신 것 하나로 반갑기 이를데 없는 걸. 가족이라서 그런가 보다.

핏줄이라는 게.

진혁은 장석철을 위해서 열심히 고기를 구웠다. 군인인 탓에 건장한 장석철은 아직도 고기를 즐기는 마니아였다.

그가 고기를 파는 식당을 하게 된 것도 그런 배경이 있었다.

갑자기 김정자의 탄식 소리가 들려왔다.

"여보, IMF 어쩌고 하네요."

순간 장석철, 진혁과 아이들은 계산대 옆에 있는 TV화면으로 시선을 돌렸다.

거기에는 이틀 전 임명장을 받은 임소열 신임 경제부총리가 긴급 기자회견을 갖고 있었다.

그는 IMF에 유동성 조절자금 지원을 요청키로 했다면서 공식 발표를 했다.

〈3권에서 계속〉